風船爆弾

福島のりよ

もくじ

装幀／富山房企畫　滝口裕子

一、疎開《そかい》っ子

トロッコ

昭和一九年、春。太平洋戦争《たいへいようせんそう》がはげしくなって、日本本土の大都市が空襲《くうしゅう》にさらされるようになった。ここ、福島県勿来村《なこそ》にも、都会から疎開してくる子どもがだんだんふえてきた。国民学校四年生の関本勝《せきもとまさる》は、疎開っ子の勇《いさむ》と清《きよし》と、なかよしになった。

たんごの節句《せっく》の日（今の「こどもの日」）、勝は、ふたりに、味噌《みそ》あんのかしわもちをごちそうすると約束《やくそく》していたので、学校がえり、勿来駅のうらでまっていた。ふたりは、そうじ当番で、ちょっとおそくなるのだ。

勿来駅は、常磐《じょうばん》炭田の石炭のつみだし駅になっていた。駅のうらには、石炭の山がある。炭鉱《たんこう》からはこんできた石炭を、貨車につむまでつみあげてある、貯炭場《ちょたんば》だ。

勝は、石炭すべりがすきだ。そのへんに散らかっている、古いセメント袋《ぶくろ》やかます（わらであんだ袋）を尻《しり》にしいて、石炭の山をすべりおりる。まるで雪山をすべりおりる心《ここ》地《ち》だが、石炭の粉にまみれて、顔中、真《ま》っ黒だ。踏切《ふみきり》のしゃだんきがおりて、長い貨物列車がとおりすぎた。

「おおい、関本君！」

駅の表のほうから、勇と清が、踏切をわたってかけてきた。青白い顔をして、ランドセルを背負《せお》い、学生服を着ているので、ひと目で、疎開っ子とわかる。

「関本く～ん、そんなとこで、なにしてるの」

石炭山の勝に、勇が手をふった。

「よせや、関本ク～ン、なんて呼《よ》ばれたら、鳥はだがたっちまうよ。んだから、疎開っ子は気どってるって、みんなにいじめられるんだぁ。マサルと、呼びすてにしろ」

勝はすべりおりてきて、半ズボンをパタパタはたいた。石炭の粉がとぶ。顔はすすだらけで、目だけがきょろきょろ光っている。

「関本君の顔、す～ごいや」

清がふきだした。

「清、おまえも、関本クンは、やめろ。マサルと呼べ。なんどいったらわかるんだぁ」

「ごめんなさ～い。勝ク……マサル」

ふたりが、まじめくさって、頭をさげたので、勝は照《て》れた。

「べつに、あやまらなくてもいいんだ。ほら、おまえらもすべろよ。おもしろいぜ」

勝は、風でとんできたセメント袋を、勇になげつけた。

「ヤッホー、いくぞ」

勇は、ランドセルをほうりなげて、勝のあとにつづいた。

「あぶないよ……服が、よごれるしさ……」

清は、じっと、つっ立って、見ているだけだ。

「いくじなしだぁ。青びょうたんの顔してさ。これからに、おらが、きたえてやっからな。かくごしろ」

勉強は、疎開っ子にかなわないが、外にでれば、勝の天下だ。

「ヘヒーン」と、馬のいななきがして、コトコト、ガラガラ、地ひびきがしてきた。

「あれぇ、なんの音？　あっ、馬だ！　トロッコをひいてる」

清が、トロッコのほうへかけていった。

「この村には、炭鉱《たんこう》があったのか。鉱山はどこにあるの？」

勇も、トロッコをおいかけた。

「出蔵《いでくら》の大日本炭鉱だ。ここから、一里（四キロ）ぐらい先にある。常磐炭田のひとつだ」

勝は、鼻の下をちょっぴり長くした。

「ここが、教科書にでてくる、常磐炭田なの」

清が、感激《かんげき》していった。

「ここだけじゃない。このへん、常磐線鉄道の沿線《えんせん》にある、炭鉱をひっくるめて、常磐炭田ていうんだぁ」

疎開っ子は、なんでも感心するので、勝はいい気分になる。

「そのうち、ずり山にもつれてってやっから。山の上から、太平洋が見えるんだぁ」

「なになに……ずり山って？」

清が、たずねた。

「ほら、掘《ほ》りだした石炭のくずを、つみあげた山」

「ああ、ぼた山のこと！」

コトコト、ガラガラ、トロッコが、みんなの前をとおる。トラックのような貨車に、石炭を山盛《やまも》りつんでいる。

「背《せ》が低い馬だね。すっごい力もちだ。ほら、清、馬の足、あんなに太いよ」

「りこうな馬だね。たづなを引く、おじさんのいうこと、よくきいてるね」

勇と清は、石炭すべりより、トロッコに気をとられていた。

「おおい、いくぞ！　かしわもち食《く》いに」

勝は、肩《かた》かけカバンをはたいた。白かったカバンが、見るかげもなく、石炭のすみでよごれていた。

チビ黒

勝《まさる》のうちは、駅から線路ぞいの街道《かいどう》を、五百メートルほどくだった、たんぼのなかにある。東に三百メートルもいけば、松林のある砂浜《すなはま》にでる。西の山に五、六百メートル登れば、有名な勿来《なこそ》の関跡《せきあと》がある。

勝のうちは、小やぶを背《せ》にして、わらぶきの母屋《おもや》と納屋《なや》、白かべの土蔵《どぞう》と、小さな離《はな》れ家《や》のある農家だ。小さなせせらぎが、かど先を流れている。勝は、よごれた顔や手足を洗《あら》って、のき先にぶらさがっていた手ぬぐいでふいた。

「ああ、気持ちいい」

「きれいな流れだね、気持ちいい」

勇《いさむ》もよごれた顔や手足を、ピチャピチャ、洗った。清《きよし》もつられて、手を洗った。

「あれ、キジみたいな鳥が」

清が、走りよったら、にわとりが、パッととびたって、いちじくの枝《えだ》にとまった。

「あっ、にわとりがとぶの、ぼく、はじめて見た」

勇と清は、きょろきょろしながら、勝のあとにつづいた。

納屋ののき先に、とうもろこしや、玉ねぎが、ひとつなぎずつ、ぶらさがっている。両がわにまきが、高くつんである、母屋と納屋のあいだをとおりぬけて、勝は、勝手口にまわった。重い引き戸を、ガタガタこじあけた。

「こっちに、こい」

勝が、手まねきした。

「ばっちゃ、かしわもちできたか。友だちつれてきたがら」

勇と清が、えんりょがちに、勝手をのぞいた。

どまのおくに、くど（かまど）があって、茶がまの下は、火がとろとろもえていた。土間のまんなかにある、調理台の上には、かしわの葉っぱや粉が、散らかっていた。

「ばっちゃ、かしわもち、まだ、できねぇの」

勝の声が、ふきげんになった。

「ばっちゃ、昨日《きのう》の約束《やくそく》、忘《わす》れたのかよぉ。学校がえり、疎開《そかい》っ子に、かしわもち食わせてやると、いったのに」

勝は、わらぞうりを、パラパラっと、ぬぎ散らかして、茶の間にかけあがった。

ちゃぶ台のまわりに、じっちゃ、ばっちゃ、母《かあ》ちゃ、姉《ねえ》ちゃがいた。みんな野良着《のらぎ》のままで、おっかない顔をしていた。

「なにしたんだぁ？　みんな集まって……」

「シッ！　勝」

姉ちゃが、口をおさえた。

「勝、わりいの。今日《きょう》は、もちどころでは、ねぇんだぁ」

ばっちゃが、こまった顔をした。

「勝、今日は、遊ぶひまねぇで。馬草《うまくさ》、刈《か》れるだけ、いっぱい刈っておくれ。かごに、三ばいでも、四はいでもな」

母ちゃの声が、うわずっていた。

馬草は、朝と夕に、ひとかごずつ刈る。朝は、じっちゃ、夕は、勝の仕事だ。

「なして、そんなに刈るんだぁ」

「なんでもいいがら、早くいけ！」

母ちゃにどなられて、勝は勝手口にもどってきた。

「わりいな、今日は、かしわもちは、できねぇんだって。いそがしいがら」

「なぁんだ、そうだったの」

勇と清は、がっかりした。

「あしたは、つくってもらうがら、ゆるせよな」

「味噌《みそ》あんのかしわもちって、どんな味かな、はやく食べたいね」

勇が、つばをのみこんでいった。

「そうだ！　そのかわり、おらのバッチ、紹介《しょうかい》すっから」

「バッチって？」

「弟のこと、このへんの方言で、バッチっていうんだ」

「ふ〜ん、勝に弟がいたのか？」

勝は、玄関《げんかん》わきの馬小屋に走った。

「この子が、おらのバッチだぁ。ほら、めんこいだろ」

「なぁんだ、馬じゃないか」

勇と清が、顔を見合わせた。

「馬でも、おらのバッチだぁ。生まれたときから、おら、ずっと、めんどうみてるんだぁ。はけをかけてやったり、水、飲ませたり、やわらか〜い草、刈ってきてやったり」

勝が、馬の鼻をなでると、馬は顔をすりよせてきた。

「馬は干《ほ》し草も食べるのか……米ぬかも食うのか」

勇は、めずらしそうに、かいばおけをのぞきこんだ。

「馬って、大きな図体《ずうたい》してるのに、かわいい目、してるね」

清は、こわくて馬に近づけない。土間の柱にしがみついている。

「名前は、チビ黒、三さい。ほれ、鼻のところに、黒いはんてん、あるだろ。こいつ、よくはたらくんだぁ」

父《とお》ちゃと兄《あん》にゃが、出征《しゅっせい》しているので、勝がたづなを引いて、じっちゃが、田おこしの道具をあやつったり、荷車を引く。

「チビ黒か、かわいい名前だね」

勇が、おそるおそるチビ黒の鼻をなでたとたん、ヒ、ヒーンと、あごをしゃくったので、びっくりして、あとずさりした。

「チビ黒のあいさつだぁ。よっしゃ、よっしゃ、いい子だ。チビ黒、もっとちゃんと、あいさつしろよ」

勝が、馬の鼻をなでた。チビ黒は、尾《お》っぽをピシャッと、自分の尻《しり》にたたきつけて、あごを引いて、前足をおった。

「あっ、チビ黒が、おじぎをしたよ」

清も、そばによってきた。

「チビ黒、頭いい！　でもさ、名前がおかしいよ。こんな大きな馬が、チビだなんてさ。デカ黒じゃないか」

「生まれたとき、チビだったから……チビ黒でええんだぁ。なあ、チビ黒」

勇も清も、チビ黒と友だちになれそうだ。勝は、チビ黒をじまんできて、また、いい気分になった。


勇と清が、かえったあと、勝は、馬草をひとかご、刈ってきた。

まだ、茶の間の会議が、つづいていた。勝は、戸ぶすまに、そおっと耳をあてた。

「なんぼ、非常事態《ひじょうじたい》でも、百姓《ひゃくしょう》のたんぼ、とりあげるのは、ひどすぎっぺよ」

母ちゃの声が、ふるえていた。

「軍《ぐん》の命令は、天皇陛下《てんのうへいか》のお言葉だぁ……現人神様《あらひとがみさま》のお声だぁ。だれも反対はできん」

じっちゃの声は、しわがれていた。

「山も畑も、たんぼもとりあげられたら、米も麦もいもも、たきぎもまきもとれなくなるじゃないの。うちは、いったいどうなるの？」

姉ちゃの泣きだしそうな声だ。

「配給をもらえるんだと。それに一年もすれば、返してもらえるんだと」

じっちゃが、つぶやいた。

「百姓が、配給の米、食うとは、なにごとか！　情《なさ》けねぇ世の中になったもんだ。こんな山のなかで、軍隊は、いったいなにをやらかすんだっぺなぁ」

ばっちゃの声も、ふるえていた。

勝は、ただごとでない事件《じけん》が起きたと、足ががくがくした。

二、立入り禁止《きんし》

お不動《ふどう》さん

六月に入って、勿来《なこそ》駅あたりを、憲兵《けんぺい》や兵隊が、足早に行き来しだした。どの顔も能面《のうめん》のようにこわばっていた。

日本軍は、大勝利をおさめている、というのに、戦争が、このしずかな村におしよせてきた。

勝《まさる》は、学校からかえってから、いつものように、馬草《うまくさ》をかごいっぱい刈《か》ってきた。はご切りで、草を十センチぐらいに小さく切って、おけに入れ、ふすま（小麦の皮のくず）をまぜて、米ぬかのとぎ汁《じる》でまぶした。チビ黒が、馬小屋の杭《くい》のあいだから、首をのばしてよろこんでいる。

「チビ黒、ほら、食《く》え。今日《きょう》は、おまえのすきな、やわらかいチガヤがいっぱいだぁ」

そこへ、ばっちゃが、かっぽう前かけをバタバタひらつかせながら、かえってきた。ばっちゃは、腰《こし》がすこしまがっているので、今にも、つまずいてころびそうだ。

「ばっちゃ、なにしたんだぁ?」

「てぇへんじゃ、勝。沢《さわ》のおくにいなさる、滝沢《たきざわ》のお不動さんが、てぇへんじゃ」

ばっちゃは、おくに入って、線香《せんこう》ひと束《たば》と、米をひとにぎり、重箱《じゅうばこ》に入れてでてきた。

「勝、ばっちゃについてこい」

「どこさいぐ? ばっちゃ」

「軍の基地《きち》に、お不動さんを、置き去りにするのは、もうしわけねぇ。なしたら、ええんじゃ? こまったことになった」

街道《かいどう》と常磐線《じょうばんせん》の線路を横切って、山あいのたんぼのあぜ道、四、五百メートルおくに入った、そのあたりいったいの山や畑、たんぼは、勝のうちのものだ。

くぬぎ林は、まきにしたり、炭焼《すみや》きにする。畑は、今、いちめんじゃがいもの白い花だ。たんぼの麦は、穂《ほ》がでそろい、あと、十日もすれば、とりいれだ。

はば、一メートルぐらいの小さな沢をさかのぼって、お不動さんのお社《やしろ》についた。お社は、滝《たき》つぼのふところに、だかれるように建っている。お社の内部は暗くて、お不動さんのすがたは、はっきり見えない。

滝は、十メートルぐらいのはばで、四、五メートルの高さから、水が落ちている。天然《てんねん》の大きな一枚岩《いちまいいわ》が、うまいぐあいに、お社の屋根になっている。

お不動さんの縁日《えんにち》は、二十三日だが、ばっちゃは、八のつく日にもお参《まい》りしている。「八」という字は、末広《すえひろ》がりの字かっこうで、運が開けるという。父《とお》ちゃと兄《あん》にゃの武《ぶ》運《うん》を祈《いの》っているのだ。

ばっちゃと勝は、お社のまわりのくもの巣《す》をはらい、落ち葉をそうじした。線香をあげ、米をパラパラそなえて、手をうった。パッチ、パッチという音にあわせて、カラスが鳴いた。しずかな山のなかで、のどかな時間が流れた。うぐいすの鳴き声をきいていると、日本が戦争をしているなんて、うそみたいだ。

「お不動さん、とうとう、あなださまの身まで、あぶのうなりましただぁ。なしたら、ええですかのう」

「ばっちゃ、お不動さんも、引っ越《こ》したらええ」

「なんじゃって！　引っ越しだど……お不動さんは、昔、むかしから、ここに座《すわ》っておいでだど。引っ越しなぁどさせたら、バチがあたるだぁ」

ばっちゃは、入れ歯をもごもごさせて、おこった。

「それなら、しかたねぇど。お不動さんとは、お別れだぁ」

「それはできん」

「ばっちゃのわからずや！」

勝は、沢をかけおりた。

小さなため池の土手で、ばっちゃをまった。このへん、山あいには、ため池があちこちにある。段《だん》だんのたんぼの用水に使うのだ。

勝が、土手にしゃがんで、いたどりをかじっていたら、むこう岸から、へびがおよいできた。

「あっ、へびだぁ！」

「どこだぁ？」

ばっちゃが、勝のそばにきた。

「ほら、あそこだぁ」

勝は、指さした手を、思わず背中《せなか》にかくした。へびを指さすと、その指がくさる、といういい伝えがあるのだ。

「おおそうじゃ。へび神《がみ》さんにも、ごぶさたしておったわい。なんせ、へび神さんは、弾《たま》にあたらねぇ、武運の神さんだど。……それにしても、お不動さんのほうが、先かぁ。氏子《うじこ》の衆《しゅう》と、相談せねば……やれ、いそがしや、いそがしや」

ばっちゃは、山や畑、たんぼをとりあげられることより、お不動さんのほうが、心配らしかった。

立入り禁止《きんし》

翌朝《よくあさ》の月曜日、勝《まさる》は、学級当番だった。みんなより早く登校して、窓《まど》を開け、しんせんな空気を入れたり、花びんの水をかえたり、机《つくえ》の上をふいたりする。勝が、いちばんのはずなのに、教室はもう、おおさわぎしていた。

「おい、勝、おまえんちは、どうなんだぁ？　おらんち、たんぼを半分とられるんだぁ」

勝が、教室の入り口を、ガラガラっと、開けるなり、功《いさお》が、かけよってきた。

「わたしんち、山を半分とられるの」

おとなしい君子《きみこ》が、どんぐり目を大きくして、いった。

「たんぼや山なら、まだ、ええ。五浦《いづら》のじいちゃんとこ、家まで、とりあげだど」

正志《まさし》が、口をとんがらせて、いった。

「うはぁ、家もか！　じっちゃんとこ、住むとこなくなるではねぇか」

「んだぁ。じっちゃんとこ、七人家族だど、おらんちは、八人家族で、せまいしなぁ。平潟《ひらかた》の魚の倉庫でも、借りなきゃ、しかたねぇべ」

平潟は、勿来《なこそ》の南にある漁港だ。戦争が、はげしくなって、漁船も戦争にかりだされた。

わずかに残っている船も、重油がなくなり、漁《りょう》にでられなくなっていた。

「あいてる倉庫にでも住むのか。床《ゆか》などねぇ、土間じゃねぇの。冬は寒いで。きのどくに」

勝は、家をとられなくてよかった、と思った。

「んだぁ。それものう、一週間のうちにでていけだど」

五浦は景色《けしき》のよい海岸だ。海岸づたいに、勿来、平潟、五浦と南にくだる。平潟と五浦は茨城《いばらき》県になる。

「こんな田舎《いなか》で、軍隊は、なにをやらかすんだぁ？　おらのお父《とお》、心配だって」

暴《あば》れん坊《ぼう》の孝一《こういち》まで、しんみょうな顔をしていた。


月曜日は、全校生徒の朝礼がある。校庭に、二百数十人の生徒が並《なら》ぶ。教頭先生の号令で、いつものように、天皇陛下《てんのうへいか》の写真を納《おさ》めてある奉安殿《ほうあんでん》にむかって、さい敬礼《けいれい》をした。

そのあと、校長先生が、こわい顔をして、朝礼台に立ち、みんなを見まわした。

「みなさん、戦地の兵隊さんは、雨の日も、風の日も、敵《てき》と戦っています。食べるものがなくて、おなかがすいても、がんばっているのです。みんなが、こうして勉強できるのも、兵隊さんのおかげです。日本が戦争に勝つ日まで、みんなも、つらいことをがまんしなければなりません。おうちの人からきいて、知っていると思うが、勿来の関跡《せきあと》あたりが、軍の基地《きち》になります。国を守るため、兵隊さんに使ってもらうのです。みんなのうちの山や、畑や、たんぼを、兵隊さんに貸《か》してあげるのです。ちょっとのあいだのがまんです。また、返してもらえます。立入り禁止になった山や畑、たんぼには、今日《きょう》からぜったいに入らないでください。もし、入ったら、憲兵《けんぺい》さんにつかまって、監獄《かんごく》に入れられるかもしれません。気をつけましょう」

「なして、自分の山さ、入ってはいけねぇんだぁ。わらびや、たらの芽が、いっぱいでてるでぇ」

「たんぼだって、もうすぐ、麦刈《か》りだぁ」

「監獄はおっかねぇど。赤いべべ着せられて、飯は、ちびっとだ。牛みてぇに、ぶたれて、仕事させられるんだど」

みんなが、ゴソゴソさわいだので、担任《たんにん》の岸先生こと、キリギリス先生が、シッといって、人さし指を口にあてた。

勝が家にかえると、母《かあ》ちゃが、じゃがいもを背負《せお》って、かえってきた。

「勝、おまえも、畑さ、でろ。じゃがいも掘《ほ》りだぁ」

「畑は、立入り禁止だど。入ったら、監獄ゆきだ」

「監獄さ、引っぱられても、飢《う》え死にするわけにいかねぇ。今年は、もう、米もとれねぇ。じゃがいもと、麦だけは、なんとしてもとっておかねばならねぇ」

母ちゃは、小さなじゃがいもを、納屋《なや》のむしろにころがした。

「おら、監獄は、やぁだど」

勝が、うちのなかに、入ろうとしたら、姉《ねえ》ちゃが、畑からもどってきた。

「だいじょうぶだぁ、勝。このたすきかけて、鑑札《かんさつ》もってれば」

姉ちゃは、「立入可《たちいりか》」と、書いてある、白いたすきと、はがき大の木の札《ふだ》をくれた。

しぶしぶ、勝が、かごを背負って、畑にでると、見張《みは》りの憲兵が、あぜにつっ立っていた。サーベルを腰《こし》にさげ、いばっている。勝は、あわてて、たすきをかけ、鑑札を見せた。

「すみません。仕事をさせてください」

あとからきた、姉ちゃが、おそるおそる頭をさげた。

(自分たちの畑に入るのに、なして許可《きょか》が?)

勝が、憲兵をにらみつけたら、にらみ返されて、身ぶるいした。母ちゃは、だまって頭をさげた。

じゃがいもを掘るのに、腰の鑑札が、ぶらぶらしてじゃまになった。憲兵が、あぜをあっちにいったり、こっちにいったり、勝たちを監視《かんし》している。

「おらたち、まるで囚人《しゅうじん》みてぇだ。おら、もう、やだぁ。かえるでぇ」

「勝！　なにをいう！　うちのたんぼは、おおかたとられる。あとには、三反《さんだん》（約三アール）しか残らねぇ。昔から、三反百姓《びゃくしょう》は食えねぇど、いわれとるが」

「米なら、蔵《くら》のなかに古いのがあるではねぇの」

「米蔵《こめぐら》は、とっくにからっぽだぁ。みんな供出《きょうしゅつ》しちまった。父ちゃも兄《あん》にゃもいねぇ。このじゃがいもと麦は、おらたち家族の命のつなだ」

母ちゃの声は、小さかった。

「あと一週間は、たんぼに入れるで、あしたから麦刈りじゃ。おまえも、学校休んで手伝え」

「麦刈りは、まだ、早いでぇ」

「んだぁ。収穫《しゅうかく》には、ちいっと早すぎる。あと十日ぐらい、たんぼにおきてぇ。でもよ、まにあわねぇから、しかたねぇ」

「勇《いさむ》と清《きよし》にも手伝ってもらおうかな。あいつら、麦刈りやったことねぇから、やりてぇって」

「それは、ありがてぇ。麦の穂《ほ》、一本でも多く刈り取りてぇからなぁ」

母ちゃが、花のついたじゃがいもの茎《くき》を刈り、姉ちゃが、三つぐわで、うねをくずす。

じゃがいもが、土のなかから顔をだすと、勝が、根っごと引きぬく。いつもなら、ずっしり重いのに、スポッとぬける。ピンポン玉ぐらいの小さなじゃがいもだ。

「ああ、あ、たんせいこめて作ったのに……もったいねぇ。あと二週間もしたら、大きなじゃがいもになったのにのう」

母ちゃが、鼻水をすすった。

勝は、腰をのばして、まわりの畑を見まわした。めったに野良《のら》にでない、孝一や君子まで、手伝っている。勝が、手をふったが、ふたりは気がつかなかった。

松山寺《しょうざんじ》の鐘《かね》が、ゴーン、ゴーンと、六つ鳴った。朝と夕方の六時、勿来の山と海にひびきわたる。勝が、赤ん坊《ぼう》のときから、耳になじんできた、鐘の音《ね》だ。

「鐘の音も、あとなんかいきけるかのう。金物《かなもの》の強制《きょうせい》供出のふれがでて、住職《じゅうしょく》さんも、もう、ことわりきれんじゃろう」

母ちゃが、ひとりごとのように、つぶやいた。

日本には、鉄砲《てっぽう》の弾《たま》や軍艦《ぐんかん》をつくる鉄も、もう、なくなっていた。みんなのうちで使っていた茶がま、鉄びん、おの、火鉢《ひばち》、刀《かたな》など、ひとつ残らず、供出させられていた。

お寺の鐘が鳴ると、カラスが、ねぐらをさがして、さわぎだした。鐘の音がしなくなったら、カラスもこまるのではないかと、勝は、心配になった。

三、チビ黒も戦争に

おんぶで引っ越《こ》し

じゃがいもや麦を収穫《しゅうかく》するための、畑の立入り許可《きょか》は、一週間だった。

最後の日の夕方、勝《まさる》のうちでは、じっちゃ、母ちゃ、姉ちゃ、みんな背負《せお》えるだけ、やさいを背負って、かえってきた。次の日から、もう、自分の畑にも入ることができなくなるのだ。

「ばっちゃは、どこさ、いったんだぁ。このいそがしいとき」

じっちゃが、ブツブツいいながら、かど先の流れで、くわを洗《あら》っていた。

勝は、お勝手に入っていったが、夕飯のしたくもできてない。ごはんのしたくは、いつも、ばっちゃの仕事なのだ。

「おーい、じっちゃ。お不動さんが、引っ越しなさったど」

ばっちゃが、ハァハァ、息をはずませて、かえってきた。

「どこさ、引っ越しなさったどぉ」

「伊勢神社《いせじんじゃ》の山すその森じゃよ。ほんに、ええとこがあった」

伊勢神社は、勝たちの学校のうら山にある。石段《いしだん》が九十九段もあり、見晴らしがよいので、みんな、よく登る。

「どうやって、引っ越ししたんだぁ」

「なに、てぇしたことはなかった。とうふ屋のじっちゃんと、こうじ屋のばっちゃんと、おらで、かわるがわる、おんぶしたで」

ばっちゃは、ひたいの汗《あせ》をふきながら、腰《こし》をまげて、おんぶのかっこうをした。

「やっぱり、おらのいったとおり、お不動さん、引っ越ししたのか」

勝は、フンという顔をした。

「ほかに、ええ方法が、なかったで、しかたなかったがら。こんなご時世《じせい》じゃでな」

ばっちゃが、さみしそうに笑った。

お不動さんの引っ越しといっても、高さ一メートルぐらいの木像《もくぞう》のご神体《しんたい》だけうごかし、社《やしろ》は、そのまま残しておいたのだ。

伊勢神社の山すそに、滝沢《たきざわ》と同じように、社の屋根になる、大きな一枚岩《いちまいいわ》があった。清水も流れている。

「あそこなら、お不動さんも、ご満足じゃろ。ほんに、えがった、えがった、まにあって。もうすこしで、お不動さんを置き去りにするとこじゃった」

ばっちゃは、ひとりでよろこんでいた。


梅雨《つゆ》に入って、基地《きち》の工事が始まった。

まず、地ならしだ。地元の勤労奉仕《きんろうほうし》で、天気が悪くても、おかまいなしに、進められた。力のあるわかい男たちは、みんな兵隊にとられている。隣組《となりぐみ》の年よりや、婦人《ふじん》会、青年会、それに、勝たち国民学校の生徒も、授業《じゅぎょう》が休みになって、はたらいた。

木を切りたおして、山をくずし、もっこで、土をはこんで、たんぼをうめた。

梅雨が明けるころ、おおかたの地ならしが、おわった。基地のまわりに、有刺鉄線《ゆうし》が、はりめぐらされ、「立入禁止《きんし》」の立て札がたった。あちこちで憲兵《けんぺい》が、いかめしい顔をして、うろうろしだした。

「こりゃ、ただの軍事基地では、なさそうだど」

「こんな山おくで、軍はなにをやらかすのじゃ」

村人は、かげでヒソヒソ話をしたが、けっして大きな声では、しゃべらなかった。

村の人びとが、横目でチラチラ見ているうちに、勿来《なこそ》駅から基地のなかへ線路が引きこまれた。勝たちが、寝《ね》しずまるころになると、ゴト・ゴトン、ゴト・ゴトン、基地のなかに列車が、すべりこんでいった。

勝は、基地のなかで、なにも起こらなければよいがと、不安でしかたなかった。

そんなころ、駅近くの旅館に、東京から集団疎開《そかい》していた四十人の生徒が、急に「さようなら」をして、どこか、ほかの田舎《いなか》へ、うつっていった。

旅館には、基地の将校《しょうこう》らが泊《と》まることになった。兵隊たちは、基地のなかの三角兵舎《へいしゃ》に寝起《ねお》きした。

松山寺《しょうざんじ》の鐘《かね》の音《ね》も、いつのまにか、きこえなくなっていた。

夏休みになっても、勝たち国民学校の上級生は、勤労奉仕にかりだされた。出征《しゅっせい》兵士の留守宅《るすたく》の田の草とりだ。こげるような太陽の下で、足に吸《す》いつくヒルをはらいながら、たんぼのなかを、はいずりまわった。

チビ黒も戦争に

伊勢神社《いせじんじゃ》の森が、すこしずつ色づいていく。ふだんは、シイの木しか目につかないのに、秋が近づくと、カエデやナラに気づく。基地《きち》のある勿来《なこそ》の関跡《せきあと》あたりは、松林なのに、やっぱり黄色や赤の、ツタやハゼやモミジが色どりになってくる。

基地は、しずかだった。ラッパの音も、鉄砲《てっぽう》の弾《たま》ひとつ、ひびかない。軍事基地が、しずかすぎるのも、不気味《ぶきみ》だった。あいかわらず、夜になると、ゴト・ゴト・ゴトン、ゴト・ゴトン、基地のなかに、列車が入っていった。

「いったい、なにをはこんでいるんだろう」

「工場でもねぇべな」

「訓練をやってるようにも、みえねぇ。号令の声ひとつ、きこえねぇ」

「兵隊は、いったいどれくらいいるのかのう。五、六百か、七、八百か？」

大人《おとな》たちが、ヒソヒソ話をするので、勝《まさる》は、よけい不安がつのった。

勝は、学校がえり、縁故疎開《えんこそかい》している、勇《いさむ》と清《きよし》を、家によくつれてくる。

勇は、もう、土地っ子と同じぐらい、たくましくなったが、清は、まだ、都会っ子のままだ。なにをやるにも、おくびょうで、おどおどしている。

ばっちゃが、いうには、勇は、子どものいない、おじさんのうちへ、ひとりで疎開して、大事にされているが、清は、弟とふたりで、子どもが五人もいる、遠いしんせきにきて、気がねしているためだそうだ。性格《せいかく》のちがう、ふたりなのに、勝とは気があう。

「お〜い、今日は、木登りだど。だれが、てっぺんまで、早く登って、柿《かき》を食うか」

「よ～し、おいしい柿は、ぼくのものだぞ」

勇が、勝より先に、柿の木の枝《えだ》に足をかけた。

「大きな柿の木だね。真っ赤《まか》な実が、いっぱいなってるね」

清は、上を見あげて、木のまわりをぐるぐるまわっている。なかなか足場が、見つけられないのだ。

「清、上見て、口を開けても、柿の実は、おっこってこねぇど。ほらほら、この枝に右足かけて……」

勝が、木登りを教えていたら、母屋《おもや》から、姉ちゃの声がした。

「勝、チビ黒、風呂《ふろ》に入れてやれ」

「風呂？　おととい、裏《うら》の川で、きれいに洗《あら》ってやったではねぇの。また、土曜に洗ってやらぁ」

いつもの土曜日、川につれていって、チビ黒の体をきれいに洗うのは、勝の仕事だ。

「土曜じゃ、まにあわねぇよ」

「なしてだぁ？」

「チビ黒は、土曜には、もう、うちにはいねぇ」

姉ちゃの様子《ようす》がおかしい。勝は、木からおりた。

「姉ちゃ、なしてだぁ？」

「チビ黒にも、赤紙《あかがみ》がきたのよ」

「赤紙って？　まさか！　招集令状《しょうしゅうれいじょう》のことか。うそだぁ！　チビ黒は、馬だどぉ」

勝は、じょうだんだ、と思った。

姉ちゃは、チビ黒を小屋からだし、バケツとはけをもって、川へいくしたくを始めた。

「うそだぁ、姉ちゃ、うそだろ」

「うそなら、ええんだけど」

姉ちゃは、チビ黒の大きな体に、ワッと泣きついた。チビ黒も、ヘヒーンと、かなしそうな声をだした。

ばっちゃが、でてきた。

「勝、チビ黒もお国のために出征《しゅっせい》じゃ。チビ黒、めでてぇのう」

ばっちゃも、そでで目をこすりながら、チビ黒のなが～い鼻をさすった。

「なにが、めでてぇんじゃ。おら、やだ。チビ黒と別れるなんて、おら、やぁだ。な、チビ黒、おまえも戦争なんかいくの、やだよな」

勇と清も、心配そうに見ている。手にかじりかけの柿をもったままだ。

納屋《なや》で、わら仕事をしていた、じっちゃが、一升《いっしょう》ますを大事そうにもってでてきた。

「ほおれ、オニグモがでてきたど。クモは、幸《しあわ》せをはこんでくるという、いい伝えがあるがの。チビ黒の出征は吉《きち》じゃ。勝、心配はいらねぇど」

じっちゃは、一升ますごと、納戸の神だなにそなえた。

「チビ黒が、戦争にいくの、おら、やだからな」

姉ちゃが、チビ黒を引っぱって、川へいこうとした。チビ黒は、前足をつっぱって、ガンとうごかない。

「ほれ、みてみい。チビ黒が、いやがってるではねぇの」

「チビ黒、ええ子だぁ。体をきれいに洗ってあげられるの、これが最後なんだから」

姉ちゃは、やさしくなだめて、草をひとつかみ食べさせながら、たづなを引いていった。

チビ黒の出征は、翌朝《よくあさ》の九時だ。軍用列車の止まる平《たいら》（現いわき）駅まで、五、六時間歩いていく。そこから、貨車にのせられる。ほかにも、数十頭の馬が、徴用《ちょうよう》される。

その夜、姉ちゃは、チビ黒のくらを、菊《きく》の花でかざった。馬とはいえ、名誉《めいよ》ある出征だ。べんとうの干《ほ》し草を束《たば》にして、くらにぶらさげる準備《じゅんび》もした。

「あした、勝が学校さ、いってるまに、チビ黒は出征じゃ。今晩《こんばん》のうちに、別れをおしんでおくとええ」

母ちゃは、とうふ屋から、むりをいって、おからをもらってきた。チビ黒の好物《こうぶつ》だ。

勝は、チビ黒が、いなくなるなんて、信じたくなかった。夜、ふとんに入っても、チビ黒のことばかり考えた。いつのまにか、眠《ねむ》ってしまい、夢《ゆめ》をみた。

勝は、チビ黒の背《せ》にのって、広い原っぱを走っていた。ふと、地平線に、むれてる馬が、見えかくれした。とたん、チビ黒は、勝をふり落として、すごい速さで走りだした。

「おーい、まってくれ！　チビ黒」

勝は、自分の声で、目がさめた。

コケ・クック・クールと、いちばんどりが、鳴いた。

いっしゅん、勝の頭が、ひらめいた。

（そうだ！……そうしよう）

勝は、そおっと、ふとんをぬけだした。急いで服を着て、ぬき足さし足で、馬小屋に入った。チビ黒がびっくりして、鳴き声をたてそうになった。

「おらだよ、よっしゃ、よっしゃ、ええ子じゃ。おらの大事なばっち（弟）を、戦争なんかにいかせてたまるか」

勝は、チビ黒をなだめながら、そおっと、たづなを引いて、外にでた。

朝もやのなか、五百メートルほど、国道をのぼって、勿来《なこそ》の関跡《せきあと》の山に入ることにした。

急な坂道を、うねうねと登った。さわやかな潮風《しおかぜ》が、朝やけの海から吹《ふ》いてきた。なだらかな山の頂上《ちょうじょう》に、石碑《せきひ》がたっている。

吹く風を勿来の関と思えども
　道もせに散る山桜《やまざくら》かな

源義家《みなもとよしいえ》のうただ。ばっちゃが、口ぐせになっているので、勝も、そらんじていた。

紅葉《こうよう》した山桜の葉が、ふわっと落ちてきたり、やまどりが、バサッと音をたてるので、勝は、そのつど、ドキッとした。チビ黒が、さわぎださないかと、ハラハラなのだ。

「チビ黒、おとなしくするんだど。九時まで、ここにかくれてような。集合にまにあわねぇと、おまえは、置いてきぼりだど。ちょうどええ」

勝は、山桜の太いみきに、チビ黒をつないだ。

(これで、よし)と、ホッとしたら、急に寒くなった。坂を登ってきたときの汗《あせ》がひいたのだ。

「おまえも寒いか」

勝は、自分がきていた半天《はんてん》をぬいで、チビ黒の背中《せなか》にかけた。背がとどかなくて、うまいぐあいにかけられない。石をもってきて、ふみ台にしようとした。手ごろな石をひとつもちあげたとたん、積みあげてあった、石がきが、次つぎにくずれ、勝は、二十メートルもあるがけを、ゴロゴロころげ落ちていった。

四、お国のために

小隊長さん

勿来《なこそ》の関跡《せきあと》の東がわは、松の木やかんぼくが茂《しげ》っているので、まさか、がけになっているなんて、気がつかなかった。

「お〜い、助けてくれ、お〜い」

勝《まさる》は、かくれていることもわすれて、さけんだ。チビ黒もびっくりして、ヘヒーン、ヘヒーンと、いなないた。

山のなかは、しずまりかえっていた。勝のさけび声と、チビ黒の鳴き声が、かわるがわるこだました。

こんな山のなかに、こんなに早く、人などいるはずがなかった。勝は、助けをあきらめ、自力で、はいあがろうとした。赤松のみきにすがって、身体《からだ》を起こしたが、右足がいたくてうごけない。小枝《こえだ》のすきまから、朝日がこぼれてきた。

チビ黒は、勝を心配して、まだ、鳴いていた。

「チビ黒、もう、ええ、しずかにしろ」

やっと、しずかになったとき、ガヤガヤ、人のけはいがしてきた。

「小山《こやま》小隊長どの、馬がおります。人の姿《すがた》は、見えません」

「気をつけろ。馬がおれば、人もおる。木のかげ、岩のかげをさがせ」

勝の頭のなかが、まっ白になった。勝は、基地《きち》のなかにおっこちていた。

国道からの入口に、「立入禁止《きんし》」の立て札がたっていたのに、勝は、チビ黒をどこにかくそうかと、ひっしだったので、気がつかなかったのだ。

(たいへんなところに、入ってしまった。監獄《かんごく》に入れられる！　なしたらええ?)

かんぼくのあいだに、身体をかくしたとたん！　えり首をつかまれた。

「いたぞ、いた！　小隊長どの、子どもであります」

チビ黒が、はげしくいないた。

「いてぇ、いてぇよ。はなせよぉ」

勝は、ひっしにもがいたが、兵隊に、かるがるとだきあげられた。

「けがをしているもようであります」

勝は、小隊長のまえに、つきだされた。

「おら、なんも悪いことしてねぇ。ちょっと、かくれていただけだ。監獄はやだぁ」

勝は、ベソをかいていた。チビ黒が、また、はげしくいなないた。

「こら、日本男児が、涙《なみだ》こぼしたりして、みっともないぞ」

小隊長は、白い歯をみせ、ぎこちない手つきで、勝の足首をひねった。

「いてぇ、いてぇよ！」

「足首をくじいたようだね」

小隊長は、勝とチビ黒を、見くらべた。

「君の馬かね……どうして、こんなところに入ってきたんだ？」

勝は、すぐに返事ができなかった。まわりに、小銃《しょうじゅう》をもった兵隊が、五人もとりかこんでいるのだ。

「みな、もとの任務《にんむ》にもどれ。この件《けん》は、自分が処置《しょち》する。他言無用《たごんむよう》だ（だれにもしゃべるな）」

兵隊たちは、人さわがせをするガキだ、という顔をして、勝がきた道とは、反対の方角に、山をおりていった。

チビ黒が、ようやく鳴きやんだ。

「ほら、馬が心配して、見てるぞ。こんなに早く、どうして、こんなとこにきたんだ？」

「……………」

勝は、泣きじゃくった。

「いいたくないなら、いわなくていいさ。……自分にも弟がいるんだ。君と同じぐらいだ」

勝は、小隊長のやさしい声に安心して、そおっと顔をあげた。兄《あん》にゃみたいな兵隊だ。

「おら、チビ黒と別れたくねぇ。チビ黒が……戦争さ、いくのは……やだよぉ」

勝は、胸《むね》がつまった。

「おら、チビ黒のこと……」

「そうか、そうか。……しかしだな、こんなおっきな馬が、チビとはな。おもしろいな」

小隊長は、にが笑いしながら、チビ黒の背中《せなか》をなでた。

「おらのチビ黒さ……」

「は、はあん、それで、山のなかににげてきたというわけか。おもしろいことやるね」

小隊長は、なんどもうなずきながら、腕《うで》をくんだ。

「しかしさ、チビ黒は、なんて思ってるかね」

「チビ黒だって、同じだど。戦争なんか、いきたくねぇよ」

勝は、むきになって、しゃべった。

「そうかな。人にも馬にも、生れながらにして、それぞれつとめがあると思うがな。そ

りゃ、なかよしの馬と、別れるのはつらいよ。でもさ、いま、日本は、たいへんな時代なんだ。戦地で、人や荷物をはこぶのに、馬の助けがいるんだよ。君の馬も、お国のために、はたらかなきゃならないんだ。名誉《めいよ》じゃないか。なぁ、チビ黒、おまえは、つらくてもがんばるよな」

小隊長に、背中をたたかれて、チビ黒は、しっぽをピシッとはたいた。

「君も、日本男児だ。大きな心をもてよ。今、自分が、お国のためにできることはなんだろうかと、考えてみようじゃないか」

勝は、小隊長におぶわれて、山をおりた。チビ黒が、あとからついてきた。

太陽は、水平線から、ずいぶん上に、のぼっていた。

（……大きな心をもてよ……）

小隊長の言葉が、なんどもこだました。朝日が、海原《うなばら》に反射《はんしゃ》して、まぶしかった。

「勝！　チビ黒！」

国道のほうから、姉ちゃの声がした。

チビ黒が、いちばん早くききつけて、いなないた。

「おーい、姉ちゃ、こっちだよぉ〜」

山道からでてきた、軍服姿《ぐんぷくすがた》に、姉ちゃはとまどった。ほおが、パッと赤くなったが、あわてて、さい敬礼《けいれい》をした。

「勝、どうしたの！　みんな心配して、さがしてるのよ」

「さ、ここから道がいい。チビ黒にのせてもらうんだな」

小隊長は、勝の右足を気づかいながら、チビ黒の背にのせた。

姉ちゃが、あわてて手をかした。

「勝、どうしたのよ。こんなところで」

「たいしたことは、ありません。足首をちょっとくじいたようです。かえったら湿布《しっぷ》するといいですね。じゃ、自分は、これで。チビ黒、がんばれよ」

小隊長は、敬礼をして、山にもどっていった。姉ちゃは、後ろ姿を、見送っていた。

「姉ちゃ、かえるっぺ」

勝が、呼《よ》んでも、まだ、ボオッとつっ立っていた。

「ウフッ、たのもしい兵隊さんだど。ひと目ぼれするのも、むりねぇな」

「こら、子どものくせに！」

「いてぇ、らんぼうするなよ」

いためた足の甲《こう》が、むくむく、はれあがってきた。

「立入り禁止の山さ入って、よく無事《ぶじ》にかえれたもんだわ。監獄ゆきになるとこだったわ」

「チビ黒と別れるくらいなら、ふたりで、監獄さ、入ったほうがましだ」

「なにいってるの。あのかたが、助けてくださらなかったら、どうなってたか、わからねぇのに。ほんとにいがった。兵隊さんて、やさしいのね」

「んだぁ。あの兵隊さん、コヤマっていうんだど。みんな、『コヤマ小隊長どの』って、呼んでたど」

「コヤマ小隊長どのね……ウフッ、かっこいい」

姉ちゃは、うしろばかり、ふりむいた。

不気味《ぶきみ》な基地のなかに、あんなやさしい小隊長がいるなんて。勝は、ふしぎに思った。

基地は、ますます、不気味に思えてきた。


うちにかえると、庭先で、みんながおろおろしていた。

「お〜い、チビ黒がかえってきたどぉ」

「いがった、いがった。出発の時間にまにあって。どうなることかと、気いもんだど」

「んだぁ。チビ黒だけが、置き去りにされたら、非国民《ひこくみん》だといわれてよ。村八分《むらはちぶ》になるとこだった。まにあって、いがった」

勝は、大目玉を食うかと、かくごしていたのに、みんな、チビ黒の出発の準備《じゅんび》に、おおわらわになった。

チビ黒のだいすきな、にんじんを食べさせ、あったかいぬか汁《じる》を、おけいっぱい飲ませた。

姉ちゃは、菊《きく》の花かざりのついたくらに、べんとうの干《ほ》し草をぶらさげた。

「チビ黒、元気でな。戦地で、父《とお》ちゃや兄《あん》にゃに、会えたらええな」

母ちゃは、涙もふかずに、はけをかけてやった。

「チビ黒、もう、これきり、会うこともねぇど。最後まで、お国のために、はたらくんだど」

ばっちゃは、チビ黒の背中を、なんどもなでた。

じっちゃが、平駅《たいら》まで、チビ黒を送っていった。

(チビ黒、ゆるせよな。おまえを、助けてやれなかったど、おら、おまえのこと、わすれねぇがらな、元気でな)

勝は心のなかで、泣きさけんだ。

チビ黒ら、軍馬になる馬の行列が、国道を北にむかっていった。

チビ黒の姿《すがた》が、見えなくなったとき、ヒ・ヒーンと、かなしそうにいななく声がした。

勝には、それが、チビ黒の声だとわかった。

(ま・さ・る……さ・よ・う・な・ら！)と、きこえた。

朝がた見た夢《ゆめ》が、正夢《まさゆめ》になってしまった。

「このバチ当たりめ！　馬をつれだしてよ、にげられるわけねぇべ」

「……あ、いてぇよ……」

ばっちゃは、メリケン粉を酢《す》でねり、手ぬぐいにそれをのばして、ペタンと、勝の足首に湿布してくれた。ひんやりとつめたくて、気持ちがよかった。

ハーモニカ

チビ黒がいなくなって、馬小屋に、にわとりとうさぎが入った。また、家のなかが、広くなったような気がした。

ばっちゃは、父《とお》ちゃと兄《あん》にゃに、毎日、かげぜんをそなえている。うつわのふたに、つゆがつけば、元気なしるしだという。

「今日も、ちゃんと、つゆがついたで、心配することねぇべ。ふたりとも、無事《ぶじ》だべ」

ばっちゃは、ぜんを片《かた》づけながら、みんなにきこえるように、大きな声でいった。

だが、父ちゃからも兄にゃからも、便りはなかった。風の便りでは、ふたりとも南方の戦地にいるらしかった。

勝《まさる》の足のはれは、一週間ほどでひいた。

学校からかえって、勝が、えんがわで、湿布《しっぷ》をとりかえていたら、清《きよし》が、のっそりやってきた。いつもより元気がない。

「なじょした?……なにか用か?」

清は、ポケットから、ピカピカのハーモニカをとりだした。

「これ、君にゆずるよ」

勝は、ハーモニカと清の顔を見くらべた。とてもかなしそうだ。

「それ、今日、学校の配給のくじに当たったたハーモニカだど。なじょしたんだ?」

このころ日本は、なにもかも品不足で、配給でしか物が買えなかった。運動ぐつやボールなどは、学校で配給になった。ほしい人が多いので、くじ引きになった。

今日、勝の組に、ハーモニカが三つきた。ほしい人が十二人いて、くじ引きで、清とほかのふたりが当たった。勝は、はずれだった。

「なじょしたんだ? 清、あんなによろこんでたのによ。浜辺《はまべ》の歌を、上手《じょうず》に吹《ふ》いたじやねえか」

勝は、合点《がてん》がいかなかった。

「……おばさんが、ハーモニカなんか、買うお金ないって。毎月、東京から送ってくる食費、足りないんだって……」

清は、歯を食いしばって、ハーモニカをえんがわに置いた。

「……君にゆずるよ」

清は、下をむいて、走ってかえった。

五、「ふ」号作戦

アメリカ本土攻撃《こうげき》

小山太一《こやまたいち》が、勿来《なこそ》の基地《きち》にきたのは、九月の末、名月の夜だった。千葉県一宮《いちのみや》の気球爆弾《ばくだん》実験所から、同期の見習《みならい》士官《しかん》十二人と、軍用トラックにゆられて、海ぞいの国道を北にのぼった。いつも陽気な菅野《すがの》が、ハーモニカで「赤とんぼ」を吹《ふ》いていたが、トラックのエンジン音に消されて、小山の不安をかきたてた。

勿来の浜《はま》によせる黒い波も、ザワッ、ザワッと不気味《ぶきみ》な音をかなでた。

小山は、二十二さい。半年前の昭和《しょうわ》十九年三月までは、東京の大学生だった。法律《ほうりつ》の勉強をし、裁判官《さいばんかん》になるつもりだったが、かれの夢《ゆめ》は、戦争のうずに巻《ま》きこまれて消えた。

昭和十六年十二月八日、真珠湾《しんじゅわん》攻撃によって、太平洋《たいへいよう》戦争が始まり、日本軍は東南アジアを、あっというまに占領《せんりょう》したが、やがて、米軍《べいぐん》のまき返しが始まり、翌《よく》年六月五日、ミッドウェイ海戦で、日本はたくさんの航空母艦《こうくうぼかん》などを失った。同じ年の八月七日には、日本軍は、ガダルカナル島に上陸したが、十二月三十一日にはたいきゃくした。アメリカ軍は島づたいに攻《せ》めあがり、日本軍は、各地でじりじりと後退《こうたい》するはめになった。昭和十八年四月に、山本五十六《いそろく》連合艦隊司令長官が戦死し、その後、マキン・タワラ島やクェゼリン・ルオット島の日本軍が玉砕《ぎょくさい》した。

日本軍は、後退しながらも、なんとかして、アメリカ本土攻撃はできないものかと、新兵器の開発にとりくんでいた。

てっとり早い作戦は、長距離爆撃機《ちょうきょりばくげきき》をつくって、日本からアメリカ本土攻撃をやることだったが、日本には、もう、機材がなくなって、それはかなわなかった。

次は、潜水艦搭載機《せんすいかんとうさいき》で、本土攻撃をやってみたが、これも失敗におわった。

最後の作戦が、気球爆弾だった。これ以外に、アメリカ本土攻撃を果たす望みは、もうなかった。全日本軍の夢が、気球爆弾にかかっていた。

そんなおり、小山太一の大学でも、授業《じゅぎょう》らしい授業は、できなくなっていた。小山の友人たちが、次つぎに出征《しゅっせい》して、戦地にいった。学校をでても、徴兵制度《ちょうへいせいど》があり、召集《しょうしゅう》されて兵隊になるか、下士官《かしかん》になるか、あるいは、資格《しかく》を取って、将校《しょうこう》になるか。わかい学生たちは、にげ場のない状況《じょうきょう》に追いこまれていた。

小山は兵隊で入隊して、幹部候補生《かんぶこうほせい》に志願《しがん》した。小山が、派遣《はけん》されたのは、思いもよらない、ひみつ兵器研究所だった。小山は、電気や化学は、にがてだ。「ひみつ兵器」ときいただけで、背《せ》すじが寒くなった。そこは登戸技術《のぼりとぎじゅつ》研究所で、気球爆弾の打ちあげの教育、訓練を受けた。大きな気球に爆弾をつけて、アメリカ本土を攻撃する「ふ」号作戦だ。

「ふ」号というのは、ひみつ兵器の番号で、いろは順についている。

晩秋《ばんしゅう》から早春にかけて、日本の上空一万メートルのところを、西から東に、時速百キロメートル以上の、強いジェット気流が吹いている。この気流にのせて気球をとばせば、二、三日で、アメリカ本土につくはずだった。

気球は、直径十メートル。こんにゃくのりで、和紙をなん重にもはりあわせてあるので、ちょっとやそっとでは破《やぶ》れない。その気球に、爆弾一こ、焼《しょう》い弾四こ、ほかに自動装置《そうち》、三十二このバラストの砂袋《すなぶくろ》など、合計二百キロをぶらさげる。

気球爆弾がジェット気流からはずれると、どこへとんでいくかわからなかった。アメリカ本土を攻撃するには、つねに、高度一万メートル前後をとばさなければならなかった。そのため、昼間、太陽熱で、気球のなかの水素《すいそ》ガスがぼうちょうして、気球がふくらみすぎると、水素ガスがぬけるしくみで、夜間、温度がさがって、気球が下降《かこう》しすぎると、バラストの砂袋が落ちるという、しかけになっていた。

気球爆弾を打ちあげる場所は、偏西風《へんせいふう》を利用して、アメリカ西海岸に気球を送るのに、もっともつごうのよい場所がえらばれた。

基地の条件《じょうけん》は、日本本土の東海岸の交通の便がよいところ。しかも、ひみつ兵器なので、外部から見えない、山あいのくぼ地がよかった。

この条件にぴったりあったのが、福島の勿来《なこそ》と、茨城《いばらき》の大津《おおつ》と、千葉の一宮《いちのみや》だった。

一宮は、気球爆弾の実験所が、そのまま基地になった。

それまでは、青島《チンタオ》航空隊で、海軍が、気球をとばす実験をやっていた。ひとまわり小さい気球に電波送信機をつけてとばしたら、五十八時間、その発信音をききとれた。これは、アメリカ本土に着く時間だった。しかし、これは、あくまで推測《すいそく》で、ほんとうにアメリカまでとぶ、という保証《ほしょう》ではなかった。

米軍の日本本土上陸は、もはや時間の問題だと予測《よそく》されており、今や、日本には気球爆弾のほかには、アメリカ本土を攻撃する手だてはなかった。

海軍で開発が進められていた、すべての研究成果が、そっくり陸軍に引き渡《わた》された。

昭和十九年九月八日、気球による米本土攻撃を任務《にんむ》とする気球隊の動員令が発令された。九月三十日、さんぼう総長《そうちょう》は、気球連隊長に攻撃準備《じゅんび》を命じた。

ただちに、気球連隊が、それぞれの基地に配属《はいぞく》された。連隊本部を大津において、井上茂《しげる》大佐《たいさ》が、連隊長に、肥田木安《ひだぎあん》少佐が、さんぼうとして指揮《しき》をとることになった。大津には、三こ中隊、通信隊、気象隊で、総《そう》兵力千五百人。一宮には、二こ中隊七百人。勿来の二こ中隊は、六百人だった。

見習士官の小山太一は小隊長で、気球爆弾をとばす現場で、指揮をとらなければならない。失敗すれば、気球が太平洋上で不時着するおそれがあり、また、気球につめた水素ガスが爆発を起こしたり、爆弾が目の前で爆発する危険《きけん》もあるのだ。

三角兵舎《へいしゃ》

基地《きち》の入口は、勿来《なこそ》駅のうらの方角にある。小山らをのせたトラックが近づくと、高い大きな門扉《もんぴ》が、ギシギシメリメリ音をたてて開いた。守衛《しゅえい》の兵隊が六人、敬礼《けいれい》をして、直立不動の姿勢《しせい》で、でむかえた。

(いよいよ、きたぞ。小山、しっかりしろ)

小山は、心のなかで、自分を元気づけた。みんな緊張《きんちょう》して、だれも口を開かなかった。ここは、訓練所ではない。実戦場なのだ。

門を入るとすぐに、やさい畑がやみのなかにあらわれた。ここの兵隊も、しんせんなやさいは自給していた。

おくに数百メートル進むと、左手山ふところに兵舎が十棟《とう》ばかり並《なら》んでいた。

「あっちに入ると、倉庫《そうこ》や弾薬庫《だんやくこ》があります。さらにおくにいくと、あちこちのくぼ地に、放球台が十二こ、散在《さんざい》しているもようであります」

トラックの運転手が、右手山ふところを指さした。

小山ら見習士官の宿舎は、手前から三ばんめだった。兵舎は、松やにがにじんでいる、なま木の羽目板《はめいた》でまわりをかこい、それにトタン屋根がついたもので、側面に入口がある。これを側面から見ると、三角に見えるので、兵隊らは、「三角兵舎」と呼《よ》んでいた。

兵隊らの宿舎は、大部屋《おおべや》に一小隊ごとに仕切って、ベッドが二列に並んでいたが、見習士官のは、ひとりずつしきりがある個室《こしつ》だった。少年兵が、せんたくや掃除《そうじ》、身のまわりの世話をする。

小山の小隊の隊員は十六人で、少年兵もいるが、野戦部隊からきた年上の兵隊もいる。かれらは、爆弾についても、水素《すいそ》ガスについても、自動装置《そうち》についても、なんら知識《ちしき》がない。小隊長の小山の命令どおりにうごくのだ。たとえ自信がなくても、小山は、堂どうとしていなければならない。

翌日《よくじつ》、大隊長の訓示《くんじ》のあと、中隊長が、基地内を案内してくれ、担当《たんとう》の放球台がきまった。

放球台は、気球を打ちあげるときに使う円形のコンクリート台で、直径が十メートルある。床《ゆか》のまわりに、気球をつなぎ止める鉄のくいが十九こでている。

小隊長は、このひとつの放球台の責任者《せきにんしゃ》だ。小山の担当する放球台は、ため池のすぐ土手下だ。勿来の関跡《せきあと》の下になり、基地では、いちばんおくだ。

小山は、さっそく、ため池の土手にあがってみた。隊員を指揮《しき》するのに、ほどよい高さだ。空をあおいだ。くぼ地からあおぐ空はどんよりと小さく、不安だった。ため池の水面に目を落とすと、青だいしょうが、水草からにょろにょろっと首をもちあげた。幼《おさな》いときから、小山はへびが大きらいだ。不吉《ふきつ》な予感が背《せ》すじを走った。

次の日から、手引書を片手《かたて》に、小山は、ひっしに隊員を訓練することになった。

勿来の気候は、思ったよりおだやかだった。海べりなので、夏はすずしく、冬はあったかいのだと、少年兵の良夫《よしお》が教えてくれた。それでも、秋が深まると、朝夕めっきり冷えこむようになった。

十月二十五日、さんぼう総長《そうちょう》は、気球連隊長にたいし、攻撃実施命令《こうげきじっしめいれい》をだした。

一、米国内部攪乱《べいこくかくらん》の目的をもって、米国本土にたいし、特殊攻撃《とくしゅこうげき》を実施せんとす。

二、気球連隊長は、左記に準拠《じゅんきょ》し、特殊攻撃を準備《じゅんび》すべし。

（一）実施時期は、十一月初頭より明春三月ごろまでと予定とするも……

（二）投下物料は、爆弾および、焼《しょう》い弾とし……

（三）放球数は、約一五、〇〇〇個《こ》とし……

気球爆弾突撃《とつげき》の日が、いよいよせまってくる。基地のなかは、うす氷がはるように緊張していった。

十月二十七日のことだった。

「小隊長どの、おかげんでも悪いのでありますか」

夕食のぜんをさげにきた良夫が、食欲《しょくよく》のない、小山の顔色をうかがった。皿のメザシや大根の煮物《にもの》が手つかずのままだ。

「ちょっと、胃《い》の調子がおかしいが、心配無用だ」

「そうでありますか。では、自分が、胃薬をもらってまいります」

「それには、およばん。すぐ、なおる」

良夫は心配そうに、あとをふりかえりながら部屋《へや》をでた。

夜八時、点呼《てんこ》。兵隊たちは、兵舎のなかの中央通路の両がわに、小隊ごとに一列に並ぶ。各班の兵長の号令で、みなが番号をさけぶ。軍刀をさげた中隊長が、書記の当番兵をしたがえて、列のなかを歩く。

「よおっし」

「一一班《はん》、一名腹痛《ふくつう》。ほか十五名異常《いじょう》なし」

「よおっし」

「十二班、総員十六名異常なし」

「よおっし」

兵長の報告《ほうこく》をくりかえした、小山の声に元気がなかった。中隊長は、ちょっと足を止めてふりむいたが、そのままでていった。

夜中、小さな窓《まど》ごしに、月の光がさしこんでいた。小山は、はげしい胃のいたみで目がさめた。「あっ、ああ、あ……」と、無意識《むいしき》に声がもれた。

まじきりのむこうで、コツコツ、ノックがあった。

「小山、だいじょうぶか」

入口のカーテンをめくって、となりの菅野《すがの》が入ってきた。

「すまん、また、起こしてしまったようだね」

小山は、ベッドにうつぶせになっていた。

「気にするな。ぼくだって、眠《ねむ》れないんだ。失敗したらどうしようかってね。大津と一宮と勿来の四十八の放球台から、いっせいに気球爆弾が突撃《とつげき》するんだ。自分の班だけが、置いてきぼりにならないかと心配だよ。とにかく一発、無事に打ちあげたいもんだ」

「菅野、君みたいな楽天家でも、自分と同じこと考えていたのか。最初の一発、とにかく、無事に打ちあげたいね。一発成功すれば、隊員も自分も、あとはなんとか自信がつくだろう。ああ、一発！　成功したいよ」

「こまったときの神だのみかもしれないが、あした、神社へでもお参《まい》りしないか。駅のむこうに見えるのは、鎮守《ちんじゅ》の森だろ。なんでもいいから、手をあわせたいんだよ」

小山は、菅野としばらく話したら、いくらか胃のいたみがおさまった。

六、一発めの気球爆弾《ばくだん》

こやぎと少年

翌《よく》二十八日、小山は、いつもの作業訓練を、さらに念入りにした。（備《そな》えあれば、憂《うれ》いなし）と、自己暗示《じこあんじ》をかけた。

倉庫《そうこ》のなかで、爆弾と焼《しょう》い弾と砂袋《すなぶくろ》を、高度保持装置《そうち》や投下装置につないでおく。放球台のそばに、箱からだした気球や、水素《すいそ》ボンベの器材をはこぶ。気球にガスをつめるとき使う小道具も、きめたところに置く。

そばに、むきだしの爆弾をつみあげているので、どんな小さな失敗も許《ゆる》されない。小山は、あぶら汗《あせ》をかきながら、隊員を指揮《しき》した。

夕方、さっと風呂《ふろ》をあび、菅野《すがの》とつれだって、初めて基地《きち》の外にでた。大隊長の宿舎《しゅくしゃ》は、駅近くの旅館だ。ひなびた街道《かいどう》を軍服姿《ぐんぷくすがた》が行き来していた。

踏切《ふみきり》をわたって、森を目やすに歩いていったら、国民学校にいきあった。教室からレコードが流れてきた。

……今日も学校へ行けるのは、兵隊さんのおかげです
お国のために、お国のために戦った
兵隊さんのおかげです……

（橋本善三郎作詞・佐々木すぐる作曲「兵隊さんよありがとう」）

小山と菅野は、顔を見あわせて、にが笑いした。

（自分たちは、兵隊なんだ……学生ではないんだなぁ）と、心のなかでつぶやいた。

たんぼ道をぐるっとまわったが、森への登り口が見つからない。どこからか、ハーモニカがきこえてきた。「赤とんぼ」のメロディが、とぎれとぎれだ。音程《おんてい》もすこしくるっている。メヘェ、メヘェとやぎの鳴き声もした。

「たんぼのなかに少年がいる。道をたずねてみよう」

小山が、先になって近づいたが、少年は、気がつかなかった。稲刈《いねか》りあとのたんぼで、こやぎが草を食べ、少年がハーモニカを吹《ふ》いていた。そばのかごには、落ち穂《ぼ》がひろってある。

「おい、君、ちょっと教えてくれ。あの森に神社があるのかね」

少年は、とつぜん声をかけられて、びっくりした。

「ええっ、……神社ですか……は、はい」

「どこに登り口があるんだ？　あっ……君は！　いつかの馬の、チビ黒少年じゃないか」

「なあんだ、顔見知りか。そうとわかりゃ、おい、ちょっと、ハーモニカかしてみな」

菅野が、少年から、ハーモニカをもぎとって、自分のくちびるに当てた。

赤とんぼの曲が、夕暮《ゆうぐ》れの野にひびきわたった。

「勝《まさる》、まさる！　こやぎさんつれて、早くかえっておいで」

わかい女の声だ、近づいてきた。

「勝、いつまで、へたなハーモニカ吹いてるの。こやぎさん、夜つゆにぬれると、かわいそうよ」

三《み》つあみの娘《むすめ》が、わら倉《ぐら》のかげから顔をだした。

「姉《ねえ》ちゃ、シッ！」と、少年が合図したが、まにあわない。

「へたなハーモニカで悪かったよ」

菅野が、にが笑いをして、ハーモニカをやめた。

「ごめんなさ〜い。てっきり、勝が吹いてると思ったがら。勝にしては、うますぎると思ったんだけど……ほんとに失礼なこといって……」

娘は、むぎわら帽子《ぼうし》で顔をかくした。

「姉ちゃ、こっちの兵隊さん、チビ黒助けてもらったときの兵隊さんだよ」

「やぁ、いつかは……どうも」

小山が敬礼《けいれい》をしたので、娘は、ますますあわてておじぎをした。

「あのときは、ばっちが、いえ、弟がおせわになりました」

娘は、きのどくなくらい、恥《は》じいっていた。

「なあんだ、小山、こんなかわいい娘さんとも、顔見知りだったのか。こりゃ、神社どころではないわ。自分は、かえろ」

あたりは、もう、暗くなって、神社の森など、入っていけそうにない。

「おい、菅野、まてよ」

小山は、うしろをふりかえり、手をふった。

「兵隊さ～ん、神社は、あのいも畑のなかの細い道をあがっていくんだよ」

メヘェ、メヘェと鳴く、やぎに、少年の声が消された。

「ありがとう。また、くるよ」

その夜、小山の胃は、いたまなかった。少年と娘に出会って、胸《むね》がかるくなった。

カラスの声

十一月一日、午前三時、小山は、隊員を招集《しょうしゅう》した。三日の夜明けに打ちあげる一発めに備《そな》えて、手ぬかりはないか調べるようにと指令がでたのだ。外は、まだ暗かった。山あいのカラスが、隊員のうごきにびっくりして、アーアーと、ふた声、み声、不吉《ふきつ》な声をたてた。

放球台のそばに、器材を入れた倉庫《そうこ》がある。トタン屋根のバラックで、教室ぐらいの広さだ。むきだしの電球の下に、十六の頭があつまった。

小山は、手引書をしっかりとにぎっていた。本物の気球爆弾《ばくだん》の装備《そうび》と、手引書の図面を、ひとつずつ、ていねいに照合していった。

……爆弾一こ、焼《しょう》い弾四こ、砂袋《すなぶくろ》三十二こが、投下装置《そうち》や高度保持装置に、まちがいなくつながれているか……

「よーし、これで万全《ばんぜん》。あとは『放《はな》て！』の命令をまつばかりだ。……あれ？」

小山は、ハッと、手引書を見直した。首をかしげながら、大きな手を、小さなすきまにつっこんだ。

「このコードは、これでいいのかな？」

小山は、細いコードを引っぱった。

「しまった！」

小山の顔から、サッと血の気《け》がひいた。

スイッチが、ひとつ入れば、あとは自動的に爆発するしかけになっている。見るみる、導火線《どうかせん》が作動していった。

「たいへんだ！　爆弾を取りはずせ！」

兵隊たちは、あわてた。手がふるえて、細《こま》かい作業ができない。

「どれをはずすのでありますか？」

「早く！　早く！　そ・そ・それだ！　早くせんか」

小山が、気がくるったようにさけんだ。

「導火線が、あと三十センチだ。早く！」

「どけ、自分がやる」

「だめだ！　もう……」

「あぶない！　退避《たいひ》しろ！」

だれかが、さけんだのと、ボガーンという爆発音とが、同時だった。

人影《ひとかげ》が散らばり、その上に、バラバラと器材が降《ふ》って、モクモクの煙《けむり》のうずのなかに、バタバタ黒いものがたおれた。

小山が、長い眠《ねむ》りからさめたとき、消毒《しょうどく》のにおいがして、あたりはまっ暗やみだった。身体《からだ》が重く、手も足もうごかない。鉛《なまり》のかたまりになったみたいだ。

（ここは、どこだ！　助けてくれ！）

小山は、ひっしにさけんだが、自分の声がきこえないのだ。

（助けてくれ！　ここはどこだ！）

だれかが、自分の身体にさわったような気がした。小山は、ふたたび意識《いしき》をうしなった。

それから、三日たって、小山は目をさました。事故《じこ》から一週間たっていた。

小山が横たわっていたのは、茨城《いばらき》の水戸《みと》陸軍病院のベッドだった。勿来《なこそ》から百キロ以上も離《はな》れていた。あの事故で、三人の隊員が即死《そくし》していた。小山は、命をとりとめたものの重傷《じゅうしょう》だった。顔がやられ、片目《かため》が見えず、片耳がきこえない。手足は、あちこち複雑《ふくざつ》骨折《こっせつ》して、包帯《ほうたい》だらけだ。

小山は、自分の責任《せきにん》で、三人の隊員を死なせたのに、自分が助かって、うしろめたさを感じた。やみのなかで、三つの黒い影《かげ》がうごいた。

（許してくれ！　大川、松木、小谷！）

勿来の器材準備中《じゅんびちゅう》の事故は、ほかの二つの基地《きち》には知らされなかった。隊員たちが、自信をなくするのをおそれたのだ。病院にも、小山のけがの原因《げんいん》など知らされていない。

気球爆弾の突撃《とつげき》開始は、予定どおり、十一月三日、明治節（明治天皇《てんのう》の誕生日《たんじょうび》）の祭日だった。打ちあげた気球は、試射《ししゃ》隊と標定隊が追跡《ついせき》することになっていた。

試射隊は、無線をつけた気球を、三つの基地の気球爆弾と同時に、一宮《いちのみや》（千葉）から放つ。標定隊は、古間木《こまぎ》（青森）と岩沼《いわぬま》（宮城）と一宮の三か所で、この無線を受信する。

いよいよ、三日が明けた。

それぞれの放球台で、まだ暗い三時から作業にかかり、四時に水素《すいそ》ガスをつめる作業をおわった。ガスは、気球の半分入れるだけだ。上昇《じょうしょう》すると、気圧《きあつ》の関係で、自然に満球にふくらむ。どこの基地も、緊張《きんちょう》した空気がはりつめた。

水平線が、わずかに白みかけたころ、本部の部隊長から、三つの基地の大隊長に攻撃《こうげき》開始命令がでた。放球命令は、大隊長から中隊長へ、中隊長から小隊長へとくだっていった。この命令は、試射隊と標定隊にも同時につたわった。

放球台につなぎ止めてある、気球のつりひもを切る係りの射手が、

「ネー（ねらえ）。テー（うて）」

と、大きな声で号令をかけると、気球は、いきおいよく、二、三度、身ぶるいして、やみの空に舞《ま》いあがった。

一宮と勿来の基地には、それぞれ十二の放球台があり、ひとつ、また、ひとつ、と舞い

あがった。大津の基地には、十八の放球台があり、ひとつ、ふたつ、と隊員たちのもとを離れていった。ふたつめの気球爆弾が、爆弾や装置を地上から十メートルほど、つりあげたときだった。とつぜん、装置から爆弾がぬけて、見あげていた隊員たちの上に落ちてきた。

即死三名、重軽傷六名がでた。

勿来と大津で、大事故がつづけて起きてしまった。部隊長は、攻撃を始めてすぐに、各基地に攻撃中止命令をくだすはめになった。隊員らに、理由の説明などなかった。急いで、安全装置を二重にし、電気回路を変更《へんこう》することになった。

攻撃開始は、延期《えんき》になった。

七、くらげのお化《ば》け

お不動さんのたたり？

勝《まさる》は、ねんざした足がいたむと、チビ黒のことを思いだした。

やがて、勤労奉仕《きんろうほうし》の稲刈《いねか》りもおわった。このころ、B29《ビー》などの、重爆撃機《じゅうばくげきき》の編隊《へんたい》が東京など大都市を攻撃《こうげき》してくるようになり、いよいよきびしい戦況《せんきょう》になってきた。なにもかも物がなくなって、食べるものさえ不足してきたのだ。田舎《いなか》の学校では、どんぐりの実をひろって供出《きょうしゅつ》した。どんぐりは、工場で粉になり、乾《かん》パンになって、あちこちの町に配給になった。

十一月七日の朝のことだった。勝が、教室に入ると、二、三人ずつかたまって、なにやらヒソヒソやっていた。みんなしんみょうな顔をしていた。孝一《こういち》が、手まねきした。

「なしたんだ？　なにかあったのか？」

勝が、けげんな顔をして、みんなのそばにいった。

「勝、おまえ、お化け見なかったか？」

背《せ》のひくい孝一が、背のびして、勝にささやいた。

「お・ば・け！　そりょあ、なんじゃ？」

勝が、たまげた声をだすと、みんながいっせいに、シッと口をおさえた。

「お化けが、空を泳いでいたんだど。おら、朝早く便所にいったらよ」

正志《まさし》が、そばかすだらけの両手をフワッ、シャナ、シャナとふった。正志のうちは、伊《い》勢《せ》神社《じんじゃ》のふもとにある。浜《はま》がひと目で見渡《みわた》せる。便所は、母屋《おもや》の外にあった。

「おら、もう、たまげてよ。うちのなかににげこんだど。夜が明けて、海を見たど、なんもいねぇ。母《かあ》ちゃんも、じっちゃんも、おらの話、本気にしてくんねぇ」

「うちも見たど。こんなおっきいの。海の上さ、ふんわか、ふんわか。兄《あん》にゃも、バッチ（弟）も信じてくんねぇ」

いろ白の君子《きみこ》が、両手で輪《わ》をつくった。君子の家は、見晴らしのきく松山寺《しょうざんじ》のとなりだ。

「おら、思うんだど。これは、お不動さんのたたりだど。引っ越《こ》ししたがら。みんな、気いつけたほうがええど。なにが起こるかわかんねぇ」

孝一が、年よりのような口をきいた。

「わぁ、おっかねぇ！」

女の子たちが、だきあって、声をあげた。
カラン、カラン、始業のベルがなって、みんな席についた。みんな、しんみょうな顔をしていたので、キリギリス先生は、けげんな顔をして、教室を見まわした。

勝は、秋がすきだ。じっちゃんと、山いもを掘《ほ》ったり、きのことりしたり、栗《くり》ひろいしたり、山に入ると、時間がたつのを忘《わす》れる。
小春日和《こはるびより》の日曜日、勝は、勇《いさむ》と清《きよし》を山のなかの会食にさそった。都会っ子を、また、びっくりさせてやろうとたくらんだのだ。清の弟の学《まなぶ》もついてきた。じっちゃもいっしょだ。山のなかで、きのこ汁《じる》をつくって、食べるのだ。ただ、それだけのことだが、青空天井《てんじょう》の下で食べるので、とびっきりおいしいのだ。みんな、やさいやなべを入れたかごを背負《せお》ったり、手にもっている。うれしくて、歌までとびだした。

……しいの木林のすぐそばに、小さなお山があったとさ、あったとさ
丸まるぼうずのはげ山は、いつでもみんなの笑いもの
これこれ、杉《すぎ》の子、起きなさい
お日さま、にこにこ声かけた、声かけた

ひい、ふう、みい、よお、いい、むう、なあ、八日《ようか》、九日《ここのか》、十日《とおか》たち
にょっきり芽がでる山のうえ、山のうえ……
（吉田テフ子作詞・佐々木すぐる作曲「お山の杉の子」）

目的地は、基地《きち》の北がわの山つづきになっているが、そこだけは、立入り禁止区域《きんしくいき》からまぬがれている。勿来《なこそ》には、用水に使うため池があちこちにあるが、いちばんおくの池から、さらにおくまった山のなかだ。くぬぎ林のなかを三十分ほど歩いて、すもうの土俵《どひょう》のようになった、赤土《あかつち》広場にでた。

「ここらへんで、よかろうが」

じっちゃの合図で、みんなは、かごをおろした。

「飯《めし》のまえに、みんな、学校の宿題、やらんとな」

じっちゃは、みんなのかごのなかのものをだして、からっぽにした。

「ああ、あ、また、どんぐりひろいか」

清が、うんざりした顔をした。

「おら、どんぐりひろい、すきだべな。漢字の書き取りより、よっぽどか、ましだべ。さ、みんな、いこう」

勝は、みんなの先になって、どんぐりが落ちているところをさがした。

丸太の上を歩き、たおれている木をくぐり、どんどん山のなかに入っていった。勇と清と学が、勝のあとを、一歩もちがわずに歩いた。じっちゃも、あとからついてきた。

「おい、学、すべったら、沢《さわ》に落ちるぞ。気をつけろ」

清は、弟に気をつかった。

「あれ！　しいの実だ」

勝が、落ち葉のあいだから、五、六こ、ひろいあげ、からをわって食べた。

「勝兄ちゃん、どんぐり、なまで食べられるの」

「学、これ、どんぐりじゃねぇ。しいの実だど」

「へぇ、どんぐりとしいの実はちがうの」

「しいの実の一升《いっしょう》は、米の一升と同じ値打《ねう》ちがあるんだ。炒《い》って食べると、香《こう》ばしくって、うめぇんだ」

勝は、どんどん先に進んだ。

「ぼく、きのこって、地面に生《は》えるものと思ってたけど、木に生えるものもあるんだね。これ、おいしそう」

「こら、清！　毒きのこだぁ。さわるな」

「えっ、これ、毒きのこ！」

じっちゃの声にびっくりして、清が、きのこをほうりなげた。

「おーい、みんな、どんぐり、いっぱいだ！　こっちに、早くこーい」

勝の声が、風にのってきた。勝は、もう、かごにいっぱいひろっていた。学も勇も清も負けずにひろった。

「みんな、がんばったから、ほれ、こ〜ないっぱいだぁ」

どんぐりは、かごから、なんきん袋《ぶくろ》（あさ糸織《お》りの袋）につめた。五升（九リットル）入りの袋が、五こ、いっぱいになった。

「そろそろ、昼にすっか」

じっちゃのさしずで、勝は、石をあつめて、かまどをつくる。なべの丸みにあわせて、石をつんだ。清と学は、枯《か》れ枝《えだ》をあつめてきた。勇は、沢におりて、水をくんできた。じっちゃは、取りたてのしめじや、ねずみたけを洗《あら》う。もってきた、ねぎや大根やにんじんもきざんで、ふっとうしたなべに次つぎ入れた。

「勝、メリケン粉を水でこねてくれ。きのこのすいとんだ」

「わぁい、すいとんだ、すいとんだ」

学が、はしゃいだ。

「ちょっと、やっこいすいとんになったかの」

最後に、じっちゃが味噌《みそ》を入れて、できあがりだ。

「おいしい、おいしい。こんなおいしいの、はじめてだ」

「ぼくも……」、「ぼくも………」と都会っ子が、よろこんでくれたので、勝は、いい気分だった。

「ほおれ、今日《きょう》は、おまけに銀飯《ぎんめし》のむすびもあるぞ」

じっちゃが、竹の皮から取りだした。

「わぁい、銀飯だぁ。ぼくたち、東京で母ちゃんと別れたとき、ひとつのおにぎり、三人で食べた」

清がいうと、学が、きゅうにヒック、ヒック肩《かた》をふるわせた。

「いけねぇ。また、まずいことといっちゃった」

清が、頭をかいた。

「学、なしたんだ？」

勝がたずねたら、学が、ワアッと声をあげた。

「母ちゃんに会いたいよ。東京へかえりたいよぉ」

勝は、みんなの顔をみた。勇だって、清だって、東京へかえりたいのだ。

「学、いい子だな、いい子にしてれば、母さんの病気も早くなおって、むかえにきてくれるだ。学が泣いたら、母さんの病気もなおらねぇど。さあ、涙《なみだ》ふいて……」

じっちゃが、学をひざの上にだき、むすびを食べさせた。清と学の母ちゃんは、夏ごろから、結核《けっかく》で、東京の病院に入院していた。

「わぁ、おいしい。勝兄ちゃんち、いつもこんなおむすび？」

学は、すぐに、きげんをなおした。

「うちだって、いつもは、いもがゆか、すいとんだぜ」

「この米はのう、勝が、落ち穂《ぼ》ひろいした米だ。ほら、どんどん食え。新米はうまいぞ」

じっちゃは、みんなが、パクつくのを、うれしそうにながめていた。


秋の日は、するする暮《く》れる。

みんな、どんぐりを背負《せお》って、山をおりていった。じっちゃがふた袋《ふくろ》、勝、清、勇がひと袋ずつかついだ。見晴らしのよい、ため池の土手に立ったときだった。

「あれ！　あれ！」

「あれは……あれ、れ……」

と、みんな、いっせいに声をあげた。

海の上に、ふしぎなものが浮《う》かんでいた。じっちゃのまゆが、ピクンとうごいた。

「なんだろう？　あんな変《へん》ちくりんなもの？」

「勿来の関跡《せきあと》のほうにも、ほら、舞《ま》いあがってる」

「あれだよ！　ぼく、見たの、けさ。ね、兄ちゃん」

「ぼく、ねむかったから、学は、ねごとのつづき、しゃべってると、思ったんだ」

「気球の下のほうがしぼんで、なにか、ぶらさがってるよ。くらげのお化けだ！」

学が、こうふんして、さけんだ。

「もしかしたら、正志や君子が、見たって、さわいだの、これだったのかもな」

勇が、思いだした。

「孝一が、お不動さんのたたりだど、といったの、これだよ、きっと」

勝にも、ピンときた。

「おい、おい、みんな、あんまりさわがねぇほうがええ。憲兵《けんぺい》が、おっかねぇでの。早よかえろ」

じっちゃは、先になって、土手をおりていった。

「あれっ、また、あがったよ。ひい、ふう、みい。三つだ。落下傘《らっかさん》にしては、おかしいしな……変なの」

勇が、首をひねった。

「あれ、基地からあがってるぞ。兵隊さんたち、あんなもんつくってたのか」

勝は、基地のなぞが、とけるような気がした。

「気球あげて、遊んでるみたいだね」

勇が、いった。

「シッ、兵隊さんは、戦争するのが、仕事だぞ。ひょっとしたら、あれは、武器《ぶき》……鉄砲《てっぽう》のかわりをするものかもしれないよ」

清は、なんでも理屈《りくつ》で考えるくせがある。

「ふうん……人を殺す……もしかして、毒まんじゅうとかさ」

勇は、食《く》いしんぼうなので、すぐ食べものを思いだす。

「兵隊さんに毒まんじゅうは、にあわんよ」

「勝兄ちゃん、兵隊さんに爆弾は、にあうよ」

学が、勝の肩《かた》にとびついた。勝は、どんぐりの袋をしょってるので、よろけた。

じっちゃんが、いきなりふりかえって、学の口をふさいだ。

「学、二どと口にすんじゃねぇぞ。憲兵に引っぱられるぞ」

じっちゃんは、ものすご～く、おっかない顔をした。

勝たちが、土手をおりてくるまに、くらげのお化けは、沖《おき》のほうにでてしまった。豆つぶみたいに小さくなり、雲のなかにとけてしまった。二、三十分ほどのできごとだった。

空を見てはいかん！

次の月曜日の朝礼。

全校生徒で、奉安殿《ほうあんでん》にむかって、さい敬礼《けいれい》をすると、校長先生が、まゆにしわをよせて、朝礼台にあがった。

「みんなも知っているように、いま、日本は非常事態《ひじょうじたい》にあります。お父さんやお兄さんは、戦地で、いしょうけんめい戦っています。勿来《なこそ》の兵隊さんたちも、がんばっています。みんなも兵隊さんに協力しましょう。空をとんでる大きな気球を見ないようにしましょう。空を見あげてると、憲兵《けんぺい》につかまって、監獄《かんごく》に入れられるかもしれません」

校庭にならんでいた生徒が、いっせいに空を見あげた。

「こら！　いま、見てはいかんと、いったばかりだど」

校長先生のカミナリが、落ちた。

「そんなこといったって、むりだよ。自然に目に入ってくるんだがら。でっかい水色のくらげが、の〜らり、く〜らり、おどってりゃ、おもしろいもん。くらげ祭りだべな」

勝《まさる》が、ボソボソいったので、まわりのものが、クスクス笑った。

担任《たんにん》のキリギリス先生が、そばにきて、ゲンコツを落としたが、勝は、ひらりとかわした。先生が、むこうにいったので、勝は、こんどは、わらぞうりの足で、くらげのお化けの絵をかいた。

「あ、やばいぞ。勝」

うしろの勇《いさむ》が、肩《かた》をこずいたので、勝は、あわてて消した。

「勝、校長先生の話をきけ」

「先生、あの気球に、なにがぶらさがってんですかぁ。どこへとんでいくんですかぁ」

勝は、朝日がまぶしいので、目をパチパチしながら、キリギリス先生にたずねた。

「校長先生の話をきけば、わかる」

キリギリス先生が、にらみつけたので、勝は、しかたなく、耳をかたむけた。

「神国《しんこく》、日本は、いまだ戦争に負けたことがありません。どたんばになると、神風《かみかぜ》が吹《ふ》いてくれるからです。気球は、神風にのって、敵国《てきこく》をかならずやっつけてくれます」

生徒たちが、いっしゅん、どよめいた。

「あの、の〜らり、く〜らりのくらげが、どうやって、敵をやっつけられるんだ?」

「すぐに、撃《う》ち落とされるど」

「そこで、みんな、兵隊さんのじゃまをしないでください。うちにかえっても、外で遊んではいけません。海にでてもいけません。気球を見ないように、下をむいて歩いてください」

「今だって、基地《きち》は立入り禁止《きんし》だど。なんも、じゃまなどしてねぇど」

「うはぁ、きのことり、できねぇな」

「あわびも、のりも、とれねぇべ」

「これは、軍の命令なのです。みんなが、こうして勉強できるのも、兵隊さんのおかげです。みんな、よろこんで、協力しましょう。以上」

校庭は、しんとし、生徒たちの顔は、さえなかった。

勝は、空をとんでいるものまで、見てはいけない、という軍の命令を、どうしてもなっとくできなかった。

このころ、フィリピンのレイテ島に、米軍の大艦船《だいかんせん》が来襲《らいしゅう》してきた。日本軍は、零戦《ぜろせん》に二百五十キロ爆弾《ばくだん》をつんで、敵艦の空母《くうぼ》に体当たりする、「神風」特攻隊《とっこうたい》を編成《へんせい》した。海軍につづいて、陸軍でも、飛行機の操縦《そうじゅう》をやっとおぼえた、二十さい前後の予備《よび》学生や、少年航空兵《こうくうへい》が、南国の海原《うなばら》に沈《しず》んでいった。

十一月二十日には、パラオ島沖《おき》で、回天《かいてん》特別攻撃隊が、人間がのれるように改造《かいぞう》した魚《ぎょ》雷《らい》にのりこみ、敵艦にむかって、つっこんでいった。二十四日には、B《ビー》29爆撃機《ばくげきき》が、サイパン基地から日本本土上空にとんできて、東京西部地区を爆撃した。

八、アメリカはオレゴンで

フライングソーサー？《そらとぶえんばん》

海のむこうのアメリカでは、一九四四年十一月なかごろから、奇妙《きみょう》なものが海に浮《う》かぶようになった。原因《げんいん》のわからない山火事もあちこちで起きた。

ここは、オレゴン州南部の田舎《いなか》町、ブライだ。十二月になると、ブライでは、よく雪がふる。

数日前、ふぶいた雪が、まだ草原にのこっていた。はだ寒い日曜日、太陽がまぶしい朝だった。十一さいのランスは、なかよしのディックとシャーマンと三人で、近くの湖につりにきていた。ひとまわり四キロほどの湖だが、けっこう魚がいる。ランスとシャーマンは同《おな》い年《どし》。ディックは、三つ上だ。三人はジャンバーと長ズボンを着て、半長ぐつをはいていた。

バケツのなかで、数ひきの魚が、はねていた。三人とも、湖面のウキを見つめて、だまりこくっていた。

「ディック、あそこ、ほら、変なもの、浮《う》いてる！」

とつぜん、のっぽのランスが、さけんだ。

「どこ、どこ？　あ、ほんとだ。なんだろ」

小がらなディックが、つりざおを置いて、立ちあがった。

「どれ、どれ……あ、あれ、水色の。どうせぼろ布《ぬの》か、車のシートだろ」

大がらなシャーマンも、そばかすだらけの顔をあげた。

「な～んだ、そうか」

ディックは、枯《か》れ草に、また、どかっと腰《こし》をおろした。大きなカエルが一ぴき、水にとびこんだ。

「シャーマン、やっぱり、変だよ。プッカ、プッカしてさ。そばにいってみよう」

ランスは、おもしろいもの見つけるのがとくいだ。岸辺の古いボートを見つけて、三人がのりこむと、船底がビシビシなった。

「ランス、だいじょうぶかよぉ」

「だいじょうぶ、だいじょうぶ。ヤッホ〜　出発！」

ランスの号令で、ディックが、ろをこぎだした。ボートが、湖のまんなかのプッカプッカしたものに近づいて、ランスがぼうでつっついた。

「大きなシートだよ。ロープがいっぱいくっついてる。重いぞ、ヨイショ」

ディックとシャーマンも、ろでつっついた。

「ヨイッショ、ヨイッショ。重いもん、くっついてるぞ。ロープ、切るか」

ディックが、ポケットからナイフをだして、ロープを切ろうとしたが、手におえない。

「こんなちっちゃなナイフ、だめだよ」

「でもさ、ほんと、これ、いったい、なんなんだろ。ヨットの帆《ほ》かな？」

「ランス、ヨットの帆じゃないね。ほんと、これ、なんなんだろ？」

三人がかりで、水色の布をたぐりよせようとしたら、ボートが、グラグラッとかたむいて、てんぷくしそうになった。ディックが、ボートのはじに、ふんばって、ランスとシャーマンが、布をたぐりよせようとしたが、ぜんぜんうごかない。ランスが、ボートから、身をのりだした。とたん、ランスは、バランスをくずして、片足《かたあし》、湖におっこちた。

「あぶない、ランス！」

「ランス、だいじょうぶ？」

ディックとシャーマンが、ランスのジャンバーをとっさにつかまえた。ランスは、ボートのふちに、よりかかってセーフ。あっというまのできごとだった。

「ああ、つめてぇ」

「よかった！　ランスは、反射神経《はんしゃしんけい》ばつぐんだから。ぼくだったら、アウトだったたな」

シャーマンが、ランスの半長ぐつをひろいあげ、なかの水をだした。

「ランス、このシート、おれたちの手におえないぜ。ギブアップしよう」

ディックは、プカプカしたものから、ボートを離《はな》していった。

「チェ！　せっかくおもしろいもん、みっけたのに、残念だな」

「あれぇ？　ランス、ガーハート山の上！　ビー玉みたいなの、光ってるぜ」

「ディック、あれは？……フライングソーサー《そらとぶえんばん》だ！」

ランスの大声が、湖にこだました。

「うそだぁ、ランス」

シャーマンが、口をポカンとあけていった。

「ほんとに、なんだろ。今日《きょう》は、変ちくりんなものばっか、であうね」

ディックが、首をかしげた。

「さっきの水色のプッカプッカはさ、フライングソーサーのざんがいだったかもね」

ランスは、まだ、残念がっていた。

「ランスは、なに見ても、フライングソーサーなんだから」

「だってさ、ディック。ぼく、宇宙人《うちゅうじん》と交信したいもん」

「ぼくだって、宇宙人と話がしたいよ」

シャーマンが、はな声をだした。

「ねぇ、シャーマン。宇宙人て、どんな顔？　こんな顔かな」

ランスが、クシャクシャな顔をしたので、シャーマンもディックもふきだした。

「ランス、交信もいいけどさ、おれ、フライングソーサーにのって、宇宙にとびだしたいね。宇宙に浮かぶ地球を想像《そうぞう》しただけで、胸《むね》がワクワクするよ」

「ねぇ、ねぇ、フライングソーサーにのせてもらうの、どうしたらいい？」

「おれ、飛行船のパイロットになる。宇宙人に会えるかもよ」

「ぼくも、飛行船のパイロット」

「うん、大きくなったら、三人、きっとパイロットになろ」

ランスとディックとシャーマン、三人が、かたいあくしゅをした。

その日、三人のしゅうかくは、フナ三びき、小さなナマズ二ひき、ブラックバス二ひきだった。魚は、庭に遊びにくる、たぬきやきつねにやる。

「さあ、もう、かえろ。ランスが、かぜひくといけないから」

つりざおをかたづけているとき、ランスが、ガーハート山を指さした。

「見て、見て！　フライングソーサーが！」

「もう、いいよ、ランス、フライングソーサーは。さあ、かえろ」

ディックとシャーマンは、どんどん先に歩いていった。

ランスは、ビー玉のような物体を、しばらく目で追っていたが、ふたりのあとを追いかけた、ちょっとのま、目を離した。

「あれ？　どこいったかな……あっ、あっ、たいへんだぁ！　フライングソーサーが、墜落《ついらく》した！」

ランスが、ビー玉を見失った方角で、白い煙《けむり》が、ボワァとあがった。

「あれ、なにか、爆発《ばくはつ》したみたいな煙？」

シャーマンが、立ちどまって、目をこらした。

「やっぱり、湖のあれ、フライングソーサーだったんだ」

ランスが、まてまた、残念がった。

「こんどは、ロバート兄《にい》ちゃんか、ダディ（お父さん）をつれてこよう」

ランスが、ひとりごとをいった。


ランスは、その夜のディナーでも、まだ、こうふんしていた。ランスの好きなサケのムニエルが並《なら》んでいるのに、目もくれない。

「ねぇ、ねぇ、兄ちゃん、ぼく、フライングソーサー見たよ」

兄《あに》のロバートは、陸軍士官学校をでて、ブライから六十キロ離れた、レイクビュウの基《き》地《ち》につとめている。

「ランスが、見つけたものは、なんでもフライングソーサーだからな」

ロバートは、またかという顔をした。

「それでさ、水色のシートみたいなの、さおで、つっついてさ、ナイフでロープ切ろうとしたんだけど……」

「なに！　水色のシートだって！　ロープがくっついてた！　さおでつっついた！」

ロバートが、大声でさけんだので、ダディは、飲みかけていたビールにむせた。

「なによ、ロバート。いきなり、大きな声だして、びっくりするじゃない」

姉のナンシーが、サラダをはこんできた。ナンシーは、十六さいで、平日は家業の製粉所を手つだっているが、週末には、電話の交換台《こうかんだい》でアルバイトもしている。

「そうだよ。重くて引きあがらなかったんだ」

「オー、ボーイ！　そりゃたいへんだ！」

ロバートは、テーブルから、立ちあがり、うろうろ落ちつかない。

「おしかったなぁ。あれは、ぜったい、フライングソーサーだったんだ。ダデイ、こんど、いっしょにきてよ。生《い》けどりにするから」

「ランス、とんでもない！　ぜったいに近よっちゃだめだ……あぶないとこだった」

「どうして？　なら、兄ちゃんきてみてよ。つっついてみたくなるから」

ロバートは、とんでもないという顔をして、汗《あせ》もでてないのに、額《ひたい》をなでた。

「ロバート、ちゃんと座《すわ》って、召《め》しあがれ。ほら、パンくずが……」

マミィ（お母さん）が、ナプキンをだしながらいった。

「あ・の・ね………」と、ロバートは、いいかけて、庭にでた。

リスが、えさ台で、ひまわりの種を食べている。ははば二十メートルの町道に面した傾斜《けいしゃ》地《ち》に製粉所《せいふんじょ》や倉庫《そうこ》の建物がある。そのおくまった林のなかに、平屋の母屋《おもや》やガレージがある。いちばん近いとなりは、ディックとシャーマンの家で、どちらも牧場だ。道の反対がわは、小麦やとうもろこし畑が、はるかむこうまで広がっているが、もう、とり入れをおわっている。

ロバートは、家のまわりをひとまわりして、うちのなかに入ってきた。リビングのカーテンを閉《し》めながら、ロバートは、みんなを手まねきした。ロバートのようすがおかしい。みんな不安になって、ストーブのそばにあつまった。

「じつは、報道管制《かんせい》になってんだが、今日のようなこと、また、起こると、命にかかわるから……。ランスが、今日さわったり、見たりしたもん、たぶん……バルーンボム《ふうせんばくだん》だ」

「えっ！　ボム！?」

ダディとランスが、同時にさけんだ。

「シッ！……そうだ。まちがいなく、ボムだ」

「だれが、とばしてるの？　兄さんたちなの」

ナンシーが、たずねた。

「とんでもない！　敵《てき》だよ」

「敵というと、日本……ドイツ？　それとも、イタリア?」

マミィが、せきこんで、きいた。

「わからん。とにかく、口外禁止《きんし》だ。みんなまどうからね。ランス、おかしなもん見つけたら、すぐ、警察《けいさつ》だ」

ロバートは、今日のできごとを、ランスからいろいろききだし、メモをとって、外出した。

「今、アメリカが戦争してるっていったって、敵の飛行機がとんでくるわけでなし、海のむこうのことばっかと思ってたら、バルーンボムか……」

ダディが、顔をゆがめた。

「ランス、ほんとにあぶなかったわ。これから、気をつけるのよ」

マミィが、泣きそうな声をだした。

「ボムなんて、うそだい！　日本だって、ドイツだって、海のむこうじゃないか。バルーンが、とんでくるわけないよ。あれは、フライングソーサーだぁ」

ランスは、ロバートのいうことを信じなかった。

「潜水艦《せんすいかん》から、とんでくるかも……それとも、トゥルレイクの日本人収容所《しゅうようじょ》からとんでくるかも」

ダディは、真顔《まがお》でいった。

「やめて！　日本人収容所の人たち、そんなことしないわ」

ナンシーが、ヒステリックにさけんだ。

「そうだった。ごめん、ごめん」

ナンシーのボーイフレンドは、日系二世《にっけいにせい》で、家も家財《かざい》も没収《ぼっしゅう》され、家族といっしょに、今、日本人収容所に入れられている。かれから、もう、半年も便りがない。

「そういえば、きのう、やさいや小麦、牛、羊などに、異常《いじょう》があったら、とどけるようにって、口づての回覧《かいらん》がまわったわ」

マミィが、思いだしたようにいった。

「これは、たいへんだぞ。覚悟《かくご》だけはしておかんとな。防毒マスクや防疫薬品《ぼうえきやくひん》、化学剤《かがくざい》など備《そな》えておくとすっか」

さっそく、ダディは、九十キロ離れた、クラマスフォールの町まで、買物にでかけていった。

ジャップのひみつ兵器

クリスマスホリディが近い、ある夕方、ランスが分数の宿題をしていたら、ドアにノック。

「なに？　兄ちゃん、サパー《ゆうはん》なら、すぐいくよ。あと、一問でおわるから」

「ランス、おれ、夜勤《やきん》だ。そのまえに、ちょっと、話していいかい」

ロバートは、ランスの部屋《へや》に入るなり、窓《まど》を開け、鳥肉の切れはしをなげた。庭にタヌキの親子が遊びにきていたのだ。タヌキは、鳥肉をくわえて、林のなかに消えた。

「いつ見ても、かわいいやつだな」

ロバートは、カーテンを閉《し》め、バルーンボムは、日本からとんできていると、いった。

「どうして、日本からって、わかったの？　このまえは、ドイツかもしれないって。ドイツが、新型V2《ブイツゥ》ロケットでロンドンを攻撃《こうげき》したから、こんどは、アメリカがやられるんじゃないかって」

「それが、沿岸警備隊《えんがんけいびたい》が、正体不明の怪物《かいぶつ》を引きあげたんだ。おまえが、フライングソーサーだといって、さわいだやつだよ」

「へえ！　それで？」

「ゴム引きのシルクのバルーンには、小型の無線器がね、和紙のバルーンには、爆弾《ばくだん》と焼《しょう》い弾がくっついてたんだ。ほかに、海軍機が、とんでるバルーンを追っかけて、プロペラの気流を吹《ふ》きつけたら、しぼんで、山に落ちたんだってさ」

「怪物《かいぶつ》を生《い》けどりにしたのか、すごいや！」

「軍は、今、それを解体《かいたい》して調べてるんだ。高度保持装置《そうち》やバラストのしかけから考えると、一万キロの太平洋《たいへいよう》をとんできたらしいんだ」

「へぇ！　一万キロの海をね……」

ランスは、かべの世界地図を、アメリカから日本まで、指でなぞった。

「ジャップ《にほんじん》って、おもしろい兵器、考えだすね、ふ〜ん」

ランスは、感心した。

「まいったよ、ジャップは、とてつもないアイディアマンだ」

ロバートは、両手を広げて、あごをしゃくった。

「ぼくの友だち、みんなふしぎがってるよ。ジャップは、勝てない戦争をどうしてやるのかって。まだ、ほかにひみつ兵器をもってるのかな。不気味《ぶきみ》だな」

「そうなんだ。生けどりしたバルーンには、小さなボムがくっついてるだけなんだ。なんの目的でとんできてるか、さっぱりわからん。ただ、バルーンを大きくすれば、人間ゴンドラだって、はこべるらしい」

ロバートは、たばこの煙《けむり》を、天井《てんじょう》にむけてゆっくり吹きあげた。煙の輪ができた。

このところ、アメリカ軍は、戦艦《せんかん》に体当たりする日本軍の特別攻撃隊《こうげきたい》にどぎもをぬかれていた。この新兵器も不気味だった。もしも、細菌《さいきん》をはこんできたら、アメリカ本土はパニックになる。

さっそく、報道管制《かんせい》をきびしくして、ペストやコレラの血清《けっせい》など、防衛対策《ぼうえいたいさく》をこうじることになった。気象学者は、気流と風船について研究し、地質《ちしつ》学者は、バラストの砂《すな》がどこの海岸のものか、分析《ぶんせき》するという。

「空から、コレラ菌をかかえた人間ボムが落ちてきたら、ひとたまりもないからね」

「まさか、そんな!」

「悲しいことだが、戦争というもんは、人が人でなくなることだってあるよ。げんに、ジャップのやつ、宣戦布告《せんせんふこく》なしに、パールハーバーを攻撃してきたんだから」

ロバートがいきどおるので、ランスはますます心配になった。

「バルーンが、アメリカ上空にとんでこないうちに、パンパン撃《う》ち落とせば、いいじゃん」

「そう、理屈《りくつ》はかんたん。だがね、空はとてつもなくひろ〜いんだ。日本の基地《きち》をさがして、それをたたくのが、てっとり早い作戦なんだよ」

ロバートは、ランスも大きくなったら、軍人になれという。だから、いろいろ軍の秘密も「だれにもしゃべるな」といって、教えてくれる。だが、ランスは、戦争はきらいだ。

ディックやシャーマンといっしょに、飛行船のパイロットになりたいと思っている。

まもなく、気象学者により、バルーンは、気流にのって、日本からとんできたものだとわかり、地質学者も、バラストは、東北の太平洋岸の砂だといった。

「バルーンボムの基地をさがせ！」といって、アメリカ軍は、仙台《せんだい》周辺から、航空写真をとって、基地を調べ始めた。

一方、不発の風船爆弾を解体した学者たちは、あらためて、その気球と付属物《ふぞくぶつ》の巧妙《こうみょう》なしかけにおどろいた。ハイドロ・セルローズ（こんにゃく）ではりあわせた、安価《あんか》な和紙の球皮は、高価なゴム引きの布製《ぬのせい》のものより、水素《すいそ》ガスのもれ率《りつ》が十分の一と小さかった。この安物の材料なら、資材不足の日本でも、まだまだ、大量生産できるかもしれない。

ところが、不発の風船爆弾の不時着があいついだ。それは、電気回路に蓄電池《ちくでんち》を使っていたので、上空で凍《こお》り、全回路が作動しなかったものだ。もし、乾電池《かんでんち》を使っていたら、全部の風船爆弾が自爆して、生けどりはおろか解体などできなかっただろう。日本軍は、このことに気づいていなかった。

九、人間ゴンドラ

幸《さきわ》え給《たま》え

昭和二十年正月十日。水戸《みと》陸軍病院の中庭には、大きなボタン雪が舞《ま》っていた。どこからか、アコーディオンがきこえてきた。正月の歌だ。だれかが、それにあわせて、口ずさんでいた。

……

年のはじめのためしとて
終りなき世《よ》のめでたさを
松竹《まつたけ》立てて門《かど》ごとに
祝う今日《きょう》こそ楽しけれ

……
（明治二十六年に文部省より発表された唱歌《しょうか》「一月一日」）

小山太一《たいち》のけがは、思ったより、早く回復《かいふく》していた。左耳もきこえるようになったし、つえはいるが、足のギブスも取れた。傷《きず》あとは残っているが、あごも左腕《うで》もよくなった。

あと、左の眼帯《がんたい》が取れたら、退院《たいいん》できる。視力《しりょく》は落ちるが、ふだんの生活に不便はなさそうだ。

小山の病室は、軽傷《けいしょう》の兵隊ばかりなので、にぎやかだ。

「小山さん、初もうでにいきませんか」

頭に包帯《ほうたい》をまいている色黒の兵隊が、声をかけてきた。

「この先に、りっぱな観音院《かんのんいん》があるんですよ。広い庭園があって、散歩にいいですよ」

兵隊は、白衣《はくい》の上に、カーキ色の外とうを引っかけた。

「初めての子どもが生まれて、うれしくて、じっとしてられないんだな。しっかり、子《こ》育《そだ》て観音《かんのん》をおがんでこいよ」

片足《かたあし》にギブスをはめている兵隊がいった。

「まあ、そんなことかな。小山さん、まだ、ですよね」

兵隊が、小指をだした。まだ、結婚《けっこん》していない小山には、子どもの話などわからないだろう、という顔だ。

小山は、ムッとした。自分は、ひみつ基地《きち》にいるので、身の上話など、いっさいしないし、他人《たにん》ごとにも関心がなかった。この非常事態《ひじょうじたい》のおり、世俗《せぞく》に気をとられている兵隊を見ると、くしゃくしゃした。

（ああ、あ……気球爆弾《ばくだん》は、いったい、どうなってるのだろう。こんなとこに寝《ね》ころがってる時間はないのに……）と、考えると、いても立ってもいられなくなる。

戦後になって、風船爆弾と呼《よ》ばれるようになったが、当時は、気球爆弾と呼んでいた。

「よお！　小山」

自分を呼ぶ声に、小山は、ハッと、われにかえった。声の主《ぬし》は、ベッドのわきに立っていた。

「眼帯をかけてるので、ちょっと、わからなかったよ」

「よお、菅野《すがの》じゃないか」

小山は、久《ひさ》しぶりに、ほおをゆるめた。ずっと、笑っていなかったので、顔の筋肉《きんにく》がこわばっていた。なつかしさで、胸《むね》がいっぱいになって、すぐに言葉がでなかった。しばらく手をとりあったままだった。

「きさまのこと、気になってたんだが、休暇《きゅうか》がとれなくて……具合はどうだ？」

「ごらんのとおりだ。もうすぐ、退院だ。外を歩こうか」

小山は、基地のようすを、早くききたいのを、ぐっとがまんした。白衣のわきの下に、一本づえをはさんで、どんどん先に歩いた。

廊下《ろうか》で、師範《しはん》学校の女生徒の列にであった。かのじょたちは、学徒動員で看護《かんご》実習にきている。目があった、三《み》つあみの娘《むすめ》が、笑顔でえしゃくした。小山は、ハッと立ち止まった。勿来《なこそ》の少年の姉さんに、あまりにもよくにていた。このごろ、三つあみの娘が、夢《ゆめ》のなかにあらわれ、にっこりほほえんで、頭をさげて、消えていく。

「小山、どうした？」

「いやぁ、なんでもない」

小山は、うら門をでて、すぐ農道をわたり、小さな鳥居《とりい》をくぐった。菅野が、あとを追った。

「小山、だいじょうぶか？　ころぶなよ」

畑のなかに、笠原神社《かさはらじんじゃ》があった。小さな森にかこまれている。赤いつばきが、ひかげのみどりに映《は》えて、うっすらとかかった雪にも、よくにあっていた。

小山は、左手をかばいながら、手を洗《あら》った。拝殿《はいでん》の前に立って、ガラン、ガラン、ガランと、わに口を鳴らした。ていねいに、二回おじぎをして、つぶやいた。

「はらえ給《たま》え、清《きよ》め給え、守り給え、幸《さきわ》え給え」

小山は、気をしずめた。

小山がお参《まい》りしているあいだ、菅野は、大きなしいの木の下で、子犬と遊んでいた。

「菅野、きさま、おがまないのか」

「う、うん……自分はいいんだ」

菅野は、首をふった。

「近ごろ、よく手をあわせるんだ。やりきれない気持ちがおさまるんだよ」

「いいことじゃないか……」

菅野は、さびしく、ほほえんだ。

やぶのなかから、親犬がでてきた。子犬が、いち早く見つけて、すりよった。

小山が、思いつめた顔で、いった。

「教えてくれ、まるふ(ふ号作戦)は、うまくいっているのか?」

「ああ……まあな……」

菅野は、目をそらした。

「まあな……ってどういうことなんだ!」

小山の声が、あらだった。

「じつは、ほんというと……」

菅野は、あたりをはばかって、小声で話しだした。

昭和十九年十二月十八日付《づけ》―上海《シャンハイ》十七日発同盟《どうめい》―朝日新聞に「日本の気球爆弾、米国

本土を襲《おそ》う。各地に爆発火災事件」という、見出しの記事がでた。ワシントンから上海を経由《けいゆ》して、入ってきた報道だ。それによると、昨秋から、米国本土各地で、原因《げんいん》不明の爆発事件や山火事が起きている。モンタナ州では、落ちてくる気球爆弾を目撃《もくげき》したものが、数百人もいて、検察《けんさつ》当局は、かれらに、厳重《げんじゅう》な口止《くちど》めをした。

「その記事は読んだよ。自分が、知りたいのは、そのあとのことだ」

小山は、いらだった。

小山の心のおくふかくに、風まかせの㋫号作戦《まるふ》は、ほんとうに成功するのだろうか、という不安が、ずっとつきまとっていた。

広大なアメリカ大陸で、十五キロ爆弾や、五キロ焼《しょう》い弾が、ふたつ、みっつ、爆発したところで、なんの被害《ひがい》になろう。

菅野が、こまった顔をした。

「そうか……やっぱり。その後、被害の情報《じょうほう》は入ってこないのか」

小山は、ガクンと肩《かた》を落として、雪がかかった、木の株《かぶ》に腰《こし》をおろした。

男の子が、四、五人、追っかけっこをして、森のなかからでてきた。しいの木の根っこに円をかいて、めんこ遊びを始めた。

「小山、心配いらん。被害は、必ず出ているよ。敵《てき》が公表しないだけなんだ」

菅野が、気安《きやす》めをいってることぐらい、小山にはわかっていた。

放球した気球爆弾を、観測《かんそく》部隊が、中央の岩沼《いわぬま》（仙台《せんだい》の南）、北の古間木《こまぎ》（三沢《みさわ》付近）、南の茂原《もばら》（千葉）の三地点で観測し、追跡《ついせき》していたので、相当数の気球が、アメリカ西海岸に到着《とうちゃく》していることはわかっていた。大きな被害をこうむっているなら、どこか中立国をとおして、情報がもれてくるはずだ。それがないということは、気球は海に落ちているか、鳥につっつかれて、空中分解《ぶんかい》していることになる。

「やっぱり、無人兵器では、だめだ！　ひとつ、一万円（現三千万円ぐらい）もかかってる兵器だ……」

小山が、声をひそめた。

めんこ遊びをしていた子どもたちは、畑のなかで、チャンバラごっこをしていた。

「菅野……」

小山は、思いつめた表情で、立ちあがり、いきなり、菅野の肩をつかんだ。

「小山、きさまも考えていたのか」

菅野も小山の肩をつかんだ。二人のあいだに、熱い思いが流れた。

「菅野、乗りこもう……敵陣《てきじん》に」

菅野が、深くうなずいた。

「きさまとおれとは、同期《どうき》のさくらだ。散るときも、いっしょだ」

「風まかせの気球なんて、当てになるか。自分たちが、酸素吸入器《さんそきゅうにゅうき》と防寒具《ぼうかんぐ》をつけて、気球をあやつり、敵の軍事都市をねらうんだ。もちろん、自分たちも、爆弾といっしょに自爆《じばく》だ。よ～し、やるぞ」

「合点《がてん》だ！　きさま、早く、けがをなおせ」

「眼帯がとれたら、退院だ。自分たちには、もう、時間がないからな」

小山は、あせっていた。強い偏西風《へんせいふう》は、二月に吹《ふ》く。人がのるのに、つごうがよい。

「がんばろう。お国のために」

小山の目に、涙《なみだ》があふれた。

「えい！　えい！　やあ！」

勇《いさ》ましい金切《かなき》り声が、風にのって流れてきた。

大日本国防婦人会《こくぼうふじんかい》が、アメリカ兵が上陸してきたときに備《そな》えて竹やりの訓練をしている。青竹《あおたけ》の先をそいで焼いて、刃《は》にし、わら人形を敵兵にみたてて、腹《はら》をつくのだ。銃《じゅう》をもっている敵兵に、たちうちできるわけがない。それでも女たちはがんばっている。小山は、女たちの声に、せきたてられるような気がした。

「自分たちがのる、大きな気球をつくる時間があるだろうか……」

小山は、ちょっと考え、言葉をつないだ。

「爆弾のかわりに……細菌《さいきん》……たとえばペスト菌など、ばらまく作戦は……」

菅野は、いっしゅん、ビクっとしたが、しずかに答えた。

「細菌爆弾か……上のほうでは考えているかもしれない。しかし、それは、人道に反する」

「殺すか、殺されるかの戦争に、人道もへったくれも、あったもんじゃないぞ」

小山は、興奮《こうふん》してしゃべった。

「東条《とうじょう》（内閣《ないかく》）は、敵国の報復《ほうふく》をおそれている。それでは、勝ち目はないじゃないか」

「……（日本の国は小さい。それに物不足だ。細菌にたいして、防衛対策《ぼうえいたいさく》などできやしない。報復されて、逆に細菌をばらまかれたら、日本のほうが、先に滅《ほろ》びるぞ）……」

菅野は、小山に圧倒《あっとう》されて、返す言葉がなかった。

「とにかく、井上部隊長に会って、自分たちの決意を伝えよう」

小山は、部隊長から呼び出しがあったから、といって、病院をぬけだした。うそをいっても、平気な自分を、小山はふしぎに思った。

海ぞいの国道を、軍用トラックで二時間ほど北に走り、菅野と小山は、大津《おおつ》の五浦《いづら》幹部《かんぶ》宿舎《しゅくしゃ》にやってきた。

真冬の昼下がり、うみどりが、こん色の海原に見えかくれしていた。

太平洋岸の断崖《だんがい》の上に立つ岡倉天心《おかくらてんしん》の別荘《べっそう》が、宿舎になっていた。かやぶきの門のまえに、護衛兵《ごえいへい》が、ふたり立っていた。

「部隊長殿のお呼び出しだ」

小山のうそは、堂どうとしてきた。不自由な足など、もう、なおってしまったみたいだ。いつのまにか、眼帯もはずしていた。菅野が、あとから追ってきた。ふみ石を、三つ、四つと、おくへふんだとたん、部隊長づきの少佐《しょうさ》に呼び止められた。

「話は、自分がきくことにしょう」

ヒキガエルのような少佐の声に、さからえなかった。玄関《げんかん》わきの四畳半《よじょうはん》に入った。

小山は、興奮して、なにをしゃべっているのか、わからなくなったが、熱意は伝わった。

「ふん、ふん……ほお……きさまらふたりの決意か。同じことを考えるやつがおるもんじゃのう。ワッハッハ……まあ、茶でもすすれ」

どうやら、有人飛行の自爆を決意しているものが、ほかにもいるようだ。

「まあ、近ぢか、みなの隊員に、いろいろ個人的な事情《じじょう》をきくことになろう。だが、きさまらふたりは、どう見ても、失格《しっかく》だな……ウワッハッハ」

「なぜでありますか!」

小山が、つめよった。

「体格がよすぎるよのう。考えてもみろ。ただの紙風船が、いまでも、二百キロつりあげているんだ。そのうえ、大きな人間がのると、とても敵国までとべんからのう。チンマイ人間なら、なんとかなるかもしれんが……きさまらは、せっかくだが、残念よのう……ワッハッハ」

少佐のバカ笑いは、不愉快《ふゆかい》だったが、小山は、あきらめなかった。

「少佐殿《どの》、気球をひとまわり大きくするのであります。自分は、まだ、ひとり身でありますつ。妻《つま》も子どももいません。母と弟がいますが、名誉《めいよ》の戦死を喜んでくれるはずです」

「自分も、小山と同じであります。どうか、有人飛行をさせてください。お願いします！」

ふたりは、手に汗《あせ》をにぎって、たのみこんだ。

「きさまらがきたことは、部隊長に伝えておこう」

宿舎をでても、小山の身体が、まだ、ふるえていた。

「そう興奮するなよ」

菅野がなだめると、ますます、小山は、ふんがいした。

「なにが、失格だ！　こっちは、命をかけて、ものをいってるんだぞ……まったく、不愉快だ。それに、見たか、床《とこ》の間《ま》の一升《いっしょう》（一・八リットル）びん！　この非常事態に，よくぞ酒なんぞ飲めたもんよ。なにが、失格だ！」

「まったくだ！　だが、少佐の態度《たいど》で、よくわかったよ。気球爆弾は……（もともと兵器ではないんだ。敵陣の上空をフワフワして、民衆《みんしゅう》をおびやかす、心理作戦なんだ）」

小山も菅野と同じことを、思っていた。

「気球爆弾は、敵陣《てきじん》にのりこむさいごの手段なんだ……（日本が敗けるのは、時間の問題だ。敗戦国になれば、日本という国はなくなるかもしれない。そんなところに、生きのびて、なんの希望があろうか）……自分は、天皇陛下《てんのうへいか》、日本国民に、自分の命をささげて、悔《く》いはない」

小山と菅野は、おたがいの気持ちをたしかめあった。

東京は、おおみそかに、Ｂ《ビー》29に襲撃され、正月三日には、沖縄《おきなわ》と台湾《たいわん》が攻撃された。

郵便はがき

恐れ入ります
が切手をお貼
りください

1010051

東京都千代田区
神田神保町一の三 冨山房ビル 七階

冨山房インターナショナル
読者カード係行

お名前	(　　歳) 男・女		
ご住所	〒 TEL：		
ご職業又は学年		メールアドレス	
ご購入書店名	都道府県　市郡区　書店	ご購入月	

★ご記入いただいた個人情報は、弊社の出版情報やお問い合わせの連絡などの目的以外には使用いたしません。

★ご感想を小社の広告物、ホームページなどに掲載させて頂けますでしょうか？

【 はい ・ いいえ ・ 匿名なら可 】

書　名

本書をお買い求めになった動機をお教えください。

本書をお読みになったご感想をお書きください。
すべての方にお返事をさしあげることはかないませんが、
著者と小社編集部で大切に読ませていただきます。

明日をつくる子どもたちに

読み物と絵本のしおり

▲●■★▲●■ 日野原重明先生の本 ■●▲★■●▲

明日をつくる十歳のきみへ ―一〇三歳のわたしから

これからのきみたちの生き方を語る

学図協選定図書

9784-905194-90-3

1,100円

十歳のきみへ ―九十五歳のわたしから

命の大切さを考えるロングセラー

学図協選定図書

978-4-902385-24-3

1,200円

十代のきみたちへ ―ぜひ読んでほしい憲法の本

憲法は「いのちの泉」のようなもの

学図協選定図書

978-4-905194-73-6

1,100円

★▲●■★▲●■★▲●■★▲●■★▲●■★▲●■★

ゲルニカ ―ピカソ、故国への愛

文・図版構成 アラン・セール
訳 松島 京子

ゲルニカの意味するものをわかりやすく描く。

学図協選定図書

978-4-905194-32-3

2,800円

イチョウの大冒険 ―世界でいちばん古い木

作 アラン・セール
絵 ザウ
訳 松島 京子

数千万年の間、大変動にたえてきた木の歴史。

学図協選定図書

978-4-905194-47-7

1,800円

ユニコーン

文・絵 マルティーヌ・ブール
訳 松島 京子

伝説の動物ユニコーン《一角獣》の小さな王国での感動の物語。

学図協選定図書

978-4-905194-57-6

1,600円

F

株式会社 冨山房《ふざんぼう》インターナショナル

〒101-0051 東京都千代田区神田神保町1-3

Tel:03-3291-2578 Fax:03-3219-4866／E-mail:info@fuzambo-intl.com

URL:www.fuzambo-intl.com

〔2019年8月現在〕

★本体価格で表示しています

学図協選定図書は〔(社) 全国学校図書館協議会選定図書〕の略

全国の書店にてお求めいただけます。書店に在庫のない場合や、直接販売（送料をご負担いただきます）につきましては、小社営業部へお問い合わせください。一般書のご案内は別にありますので、ご必要な方はお申し出ください。定価の近くの数字は ISBN コードです。

〔絵本〕

42本のローソク

お店のケーキを毎日見に来る少年――その心に秘めたものは。すなおで一《いち》途《ず》に生きている親子の愛の物語。

学図協選定図書
978-4-86600-022-0
1,600円

ありがとうございます

起きてから寝るまで、すべてに「ありがとうございます」と言ってみよう。大切なことに気づくでしょう。

学図協選定図書
978-4-86600-042-8
1,600円

森のオーケストラ

村山 祐季子 音楽

森の世界は〝いのち〟であふれています。生きることの先生です。絵本作家と作曲家のコラボレーション絵本。

978-4-86600-053-4
1,600円

ちいさな いえでのものがたり
おかあさん！

お母さんの料理の野菜を残してしかられ、悲しくて家出をしました。家に帰ると優しく迎えてくれました。

978-4-86600-042-8
1,600円

塚本やすし 作・絵

おどる詩 あそぶ詩 きこえる詩

はせ みつこ 編／飯野 和好 絵

声に出して読んでごらん！！ほら、心がはずむ！ 体はおどる！そんな、とびっきりのアンソロジー。

学図協選定図書
978-4-905194-92-7
2,200円

あたしのまざあ・ぐうす

北原 白秋 訳／ふくだ じゅんこ 絵

北原白秋と注目の絵本作家ふくだじゅんこ――ふたりが織りなす、美しく不思議なまざあ・ぐうすの世界。

学図協選定図書
978-4-905194-10-1
1,800円

どろぼうがないた

杉川 としひろ 作／ふくだ じゅんこ 絵

おかの上でくらすどろぼうが、はじめて流したなみだのわけは？ぬすんだ小さな箱がどろぼうの心を変える。

学図協選定図書
978-4-902385-47-2
1,800円

十、腹《はら》の虫、田の虫、畑の虫

馬肉《ばにく》の湿布《しっぷ》

節分の夜、雪が、三十センチつもった。雪の少ない勿来《なこそ》では、めずらしい。

勝《まさる》が、配給のいわしを三びきもらってきた。じっちゃが、いわしの頭を豆がらにさして、かまどの火であぶり、玄関《げんかん》にかざった。ばっちゃは、ホーロクなべで、大豆《だいず》をゴロゴロ炒《い》った。

「鬼《おに》ども、うちに入るな！　入りたけりゃ、このいわしが、泳ぎだし、いり豆が、芽をだしたときだ」

勝が、いり豆の入った一升《いっしょう》ますをかかえ、じっちゃが、大声をだして、豆をあちこちにたたきつけた。父《とお》ちゃや兄《あん》にゃがいたときは、豆まきは、父ちゃと兄にゃの仕事だった。

ふたりの戦地からの便りはない。

母屋《おもや》がおわると、病人が寝《ね》ている離《はな》れの部屋《へや》だ。

「房子《ふさこ》、鬼ばらいをしてやっから、早く元気になれや」

じっちゃは、房子のふとんを、やさしくかけなおした。

「腹の虫！　田の虫！　畑の虫！　焼きころせ！」

いり豆は、つむぎのふとんの上をパラパラころがった。

房子は、勝のいとこで、姉ちゃと同《おな》い年《どし》の十八さいだ。山形から女子挺身隊《ていしんたい》に志願《しがん》して、神奈川《かながわ》にでていたが、病気になってしまった。母親の道子《みちこ》おばちゃがむかえにいって、途《と》中《ちゅう》、実家《じっか》の勿来に立ちより、そのままうごけなくなってしまった。道子おばちゃは、父ちゃの妹で、山形《やまがた》に嫁《とつ》いでいた。

勝とじっちゃが、鬼ばらいをしたのに、房子の容態《ようたい》はよくならなかった。次の日も、また、次の夜も、高い熱がつづいた。

立春《りっしゅん》だというのに、また、新しい雪がつもった。雪を氷《ひょう》のうにつめて、頭を冷《ひ》やしたが、すぐにとけてしまった。

「やっぱり、かぜをこじらせたのが、悪かったかの」

息づかいのあらい房子の顔を、ばっちゃが、のぞきこんだ。

「こんな身体《からだ》で、こんざつした列車の旅はむりだったな。なんとか、この熱をさげねばのう」

ぶしょうひげの医者は、黒いカバンから、注射器《ちゅうしゃき》を取りだした。

「娘《むすめ》っこ、挺身隊にいって、いったい、なんの仕事してたのかのう。こんなに身体、いためつけて」

「それが、その……軍のひみつらしくて、どんな仕事してたか、母親の私《わたし》にも話さないがら。もしも、外さ、もれたら、たいへんなことになるって。手紙も禁止《きんし》されてたがら、この娘《こ》から、なんも便りなかったし……」

道子おばちゃは、鼻水すすって、冷《つめ》たい手ぬぐいを、男子の額《ひたい》にのせた。

「ほれ、これ、見てみな。娘《むすめ》っこの手、指紋《しもん》が消えてるでの。手はひびわれて、あかぎれてるしの。よっぽど、きびしい手仕事さ、やったようだの」

医者は、ここ二、三日が山だから、しっかり看病《かんびょう》するように、といってかえった。

ばっちゃが、手まねきした。ばっちゃは、ちょうちんにローソクをともして、外にでた。

「勝、ちょこっと、はんてんさ、着てこい」

「どこさ、いぐ？　こんな暗くなって。おら、宿題のなわないが、あるよ」

このごろ、学校の宿題は、勉強ではない。なわを五十メートルなっていくのだ。

「身内《みうち》のもんが、生きるか死ぬかのせとぎわだ。そんなもん、どうでもええがの」

外は雪明かりだった。雪がなければ、三十分でいける夜道を、一時間歩いた。やぶのある門のまえで、勝はまった。そのうちは、馬《ば》くろう（牛や馬を売り買いする人）のうちだった。おくのほうから、馬のいななきや、牛の鼻をすする音がして、プウンと家畜《かちく》のにおいがしてきた。ばっちゃは、新聞紙にくるんだものを買物かごに入れてでてきた。

「えがったの、馬の肉、手に入ったがら。房子の熱は、もう、だいじょうぶだ」

「房子姉ちゃに、馬肉、食《く》わすのか」

「んにゃ、馬の肉は、熱さ、さげるのだ。これさ、額や胸《むね》にはっておくと、熱がとれるんだ。えがった、えがった。房子は、もう、安心じゃ」

勝とばっちゃが、うちに着くと、房子は、熱にうなされていた。

「……ウキが……アワが……コンニャク……」

「なんのことだっぺ？」

みんなが、ひっしにきき取ろうとした。道子おばちゃが、悲しそうに、首をふった。

「房子姉ちゃ、コンニャク食いてぇのだよ」

勝が、重くるしい空気をやぶった。

「この娘《こ》、小さいときから、コンニャクきらいだったがら。戦死した勇雄《いさお》は、好きだったけんど」

二十さいの勇雄は、半年前、戦死の公報《こうほう》が入っていた。

「房子、コンニャクが、どうかしたのかい」

ばっちゃが、房子の耳もとで、ささやいた。

「フウセンに……テガミが……」

房子のくちびるがうごいた。

「なんのことだっぺ？」

みんな、顔を見あわすばかりだ。

「そういえば、コンニャクなんて、もう、ひさしゅう食わねぇな」

じっちゃが、いった。

「なんでも、コンニャク玉、ひとつ残らず、供出《きょうしゅつ》だってな」

母ちゃが、茶を入れた。

「金物《かなもの》や鉄の供出なら、話がわかるけんど、コンニャクなんて、栄養にもならねぇもんがよ、なにに使うのかのう」

じっちゃが、配給のきざみたばこを、キセルにつめながらいった。

馬肉の湿布《しっぷ》がきいたのか、次の朝、房子の熱は、三十八度までさがった。

「このまま、熱がさがってくれれば、心配ないのだが……まぁ、なにかかわったことがあったら、すぐ呼《よ》びにきなさい」

医者は、みけんにしわをよせて、かえっていった。

それから、二、三日のあいだ、房子の容態《ようたい》は落ちついていた。

勝は学校からかえると、カバンを肩《かた》にぶらさげたまま、いつも、いちばん先に離れのえんがわをのぞいた。ふみ石を、わざとピョン、ピョン、音をたてとんだ。

「房子姉ちゃ、ぐあいどうだ?」

「あんれ、勝ちゃん、おかえり」

道子おばちゃの声が、はずむときは、房子のぐあいがいいときだ。

その日、離れには、房子がひとりだった。気分がいいのか、えんがわの日だまりで、ふとんにもたれかかっていた。中庭には、サザンカや寒ツバキが花をつけていた。大きな庭石のそばには、オモトが赤い実をつけ、小鳥がそれをつついていた。

「房子姉ちゃ、このあいだ、熱にうなされてさ、コンニャク、コンニャクって、いってたぞ。姉ちゃ、コンニャク食いてぇのか?」

「ええっ! 私、そんなこといったの。コンニャクなんか、大きらいよ。ああ、はずかし」

房子は、ねまきのそでで、顔をおおった。

「さ、さ、ばっちゃがつくったかゆだぞ。うんまいぞ。しっかり食え。もちも入っとる」

ばっちゃが、盆《ぼん》をはこんできた。

「ありがとう、ばっちゃ。でも……」

房子は、ひとさじ、重湯《おもゆ》を口にしただけで、もう、口を開けなかった。

「ほしくないもん、食え、いっても、むりだべ。かわりにおらが……」

「これ、勝！　おまえが食っても、房子は元気にならねぇ」

ばっちゃにピシャンとやられて、勝は手をひっこめた。

「食べなきゃ、元気でないがら、あと、一口だけでも……それから、これ、薬もらってきたがら」

道子おばちゃが、毛糸の肩かけをぬぎながら、もどってきた。

「房子、ばっちゃのかゆ、ひとさじ食ってみろ。そしたら、母さん、おまえ、おんぶして、海さ、つれていってやる」

まるで、幼子《おさなご》をさとすみたいだ。

このごろ、房子は、匆来の海を見たいと、しきりにせがんだ。

勝は、（房子姉ちゃは、もう、助からないかもしれない）と、いっしゅん思った。房子は、やせ細り、ゆうれいのような青白い顔をしている。

（房子姉ちゃのために、今、してあげなきゃ、たいへんことになる）という思いが、勝の頭のなかをかけめぐった。

朝焼け

次の日、朝早く、外は、まだ暗かった。

道子《みちこ》おばちゃは、母ちゃと、母屋《おもや》の台所で朝ごはんのしたくをしていた。離《はな》れには、房《ふさ》子《こ》ひとりだ。勝《まさる》は、納屋《なや》からリヤカーを、そおっと引っぱりだした。

「房子姉ちゃ、起きてるか」

勝が、ふすまを開けると、房子は、ちょっとびっくりしたが、すぐに笑顔を見せた。

「房子姉ちゃ、海、見せてやるよ」

「ええっ、海！　ありがとう。……でも、もう、いいの。こんな身体《からだ》では、とても……」

「リヤカーにのせてやるよ。ほれ、おんぶ」

勝が、背《せ》をだしたのと、だれかが、ふすまをのぞいたのと、同時だった。

勝は、（しまった！）と、首をすぼめた。

「玉枝《たまえ》さん！」

「なあんだ、姉ちゃか」

「勝、なに、ぐずぐずしてるの。早く、房子さん、私《わたし》の背中に」

勝が、手伝って、房子は、姉ちゃにおぶわれた。

「姉ちゃも、おらと同じこと考えてたのか」

勝が、中庭で見はりをした。姉ちゃが、房子をリヤカーにのせた。リヤカーには、ふとんがしいてあり、毛布《もうふ》もあった。姉ちゃが、準備《じゅんび》したのだ。

「房子さん、ガタガタするけど、ちょっとがまんしてね。せっかく勿来《なこそ》にきたんだもん、海、見なきゃ。さあ、いきましょ」

「ありがとう……玉枝さん、勝ちゃん」

房子の声は、かすれていた。

姉ちゃが、リヤカーを引き、勝が、あとおしした。

リヤカーは、凍《い》てついた雪道を、ジャリジャリ音をたててくだいた。たんぼ道をとおり、松林をぬけ、十五分もリヤカーを引くと、砂浜《すなはま》にでた。

目のまえに、広い海原《うなばら》が広がった。水平線があかね色に染《そま》まってきた。目を北に弓形の海岸線をたどると、小浜《おばま》の港にいきつき、南にうつすと、平潟港《ひらかたこう》が見えた。どちらも、にぎやかな漁港だったのに、漁船まで戦地に引っぱられ、わずかに残っている船も、燃料《ねんりょう》油《ゆ》がなくて、漁《りょう》にでられない。

勝と玉枝が、房子の身体を、そおっと起こした。

「房子さん、ほら、ここ、菊多浦《きくたうら》よ。あの大きな岩、おぼえてる？　小さいとき、よくかくれんぼして遊んだわね」

「そうだ、そうだ。兄《あん》にゃと勇雄《いさお》兄にゃと、姉ちゃらとおらで……」

「そう、そう、それで、勝ちゃん、岩に登って、おりられなくなって、ワ〜ン、ワ〜ン泣いちゃって。勝ちゃん、三つぐらいだったかしら」

「房子姉ちゃ、そんなこと、おぼえてなくてええのに」

勝が、ふくれっつらをした。

ふと、朝やけの空に、くらげお化《ば》けが、ふたつ浮《う》かんだ。水色の気球が、ゆらりゆーらり、沖《おき》のほうへとんでいく。いち早く、房子が、見つけた。

「あれは？　あれは！　もしか……」

房子の顔色が、サッとかわった。

「あれは、くらげのお化《ば》けだぞ」

「敵地《てきち》にとんでいくらしいの、朝と夕、風のないとき、あがるの」

玉枝が、房子の耳もとで、ささやいた。

「さいきんは、昼間でもあがるぞ」

勝が、小声でいった。

「そう、そうだったの……㋫《まるふ》はここであがってたの。だから、勿来への途中《とちゅう》、水戸《みと》駅から、列車の窓《まど》のよろい戸をおろして、外を見てはいけなかったんだわ。憲兵《けんぺい》が、監視《かんし》したりして、変《へん》だと思ったわ」

房子は、興奮《こうふん》して口ばしった。

「房子さん、今、なんていった？　㋫《まるふ》って、いったでしょ？　どうして知ってるの？」

玉枝も勝も知らなかったのに、房子は、ひみつ兵器の名前を知っていた。

「房子さんがいた、神奈川《かながわ》でもあがってたの？」

玉枝が、せきこんでたずねた。房子は、こまった顔をして、首を横にふった。

「そう……もしかして、勿来の私たちのも……いや、なんでもないわ……」

玉枝は、あわてて、言葉をにごした。

じつは、昨年暮《く》れから、玉枝も、家からかよいの女子挺身隊《ていしんたい》ではたらいているが、軍のひみつの仕事だから、だれにもしゃべるなといわれている。勿来の呉羽《くれは》化学の工場の一角で、畳《たたみ》より大きな和紙を、なん枚《まい》もはりあわせる作業をしているのだ。勿来や平《たいら》やいわきなどから、百人ぐらいのわかい女の子たちがかよっている。はりあわせた和紙は、破《やぶ》れがないか、厳重《げんじゅう》に検査《けんさ》され、どこへともなく送られていく。玉枝らは、布《ぬの》がわりに、軍服にでもなるのかと思っていたが、「軍のひみつ」といわれ、かえって（これは、なににに使うんだろう？）と、不審《ふしん》に思うようになっていた。

玉枝も房子も、だまりこくってしまった。

「冷《ひ》えてきたな。もう、かえっぺ」

勝が、房子を気づかった。

「もう、ちょっとだけ……ここに居《い》させて。ね……おねがい」

そこへ、自転車の影《かげ》が、白い息をはきながら、やってきた。

「よう、勝ではねぇか。こんなに朝早く、なにしてんだ？」

「あっ、先生！　先生こそ、どこさ、いぐ？」

担任《たんにん》のキリギリス先生だった。

「賢一《けんいち》とこさ。賢一の父ちゃん、赤紙《あかがみ》きてさ。母ちゃん、病気だべ。賢一のやつ、なしてるべかと、思ってさ」

勝が、房子の話をした。

「病人をこんな寒いところさ、つれだして、だめだべ。さ、早くかえっぺ」

キリギリス先生は、自転車をわきに止めて、リヤカーのむきをかえた。

「それにしても、今朝《けさ》は、数あがっとる。まるで祭りみたいだな。のどかな海のむこうに敵国があるなんて、うそみたいだ、な、勝」

先生が、勝をふりかえったしゅんかんだった。どやどやっと、リヤカーごと、なに者かに、とりかこまれてしまった。

「こら！　きさまら、なにしとる！」

腕章《わんしょう》をつけた憲兵が三人、肩《かた》をいからせていた。

「日本国民は、みな命を投げだして戦っておるというのに、祭りみたいだとは、このたわけ者めが！　憲兵隊まできてもらおう」

勝と玉枝が、必死になって、説明した。

「用事もないのに、外を出歩くのは、禁止《きんし》になっておる！」

「用事はありました。海を見たかったので〜す」

「うそこけ！　気球を見あげていたではないか」

「海を見ていたら、気球が目に入ったので〜す」

「この小僧《こぞう》め、理屈《りくつ》をこくな！　きさまら、スパイじゃねぇのか。とにかく、憲兵隊まできてもらおう」

背の低い憲兵が、勝の額《ひたい》をこずいた。

「学校の先生ともあろうもんが、生徒といっしょになってよ、気球をながめてよ、よろこんでるとは、まったくけしからん」

鼻ひげの憲兵が、自転車をけとばした。

「病人かなんか知らんが、リヤカーまでもちだしてさ、芝居《しばい》までやるとはのう」

おおがらな憲兵が、リヤカーをけとばそうとしたので、とっさに、勝は、憲兵の足をつかんだ。かたい軍靴《ぐんか》にけられて、勝は、ころんだ。いたかったが、勝はグーとも声をださなかった。けっきょく、この場は、先生が、責任《せきにん》をとってくれることで、勝たちは、うちにかえることができた。いつのまにか、太陽は、高くのぼっていた。

「心配するな。なんもやましいこと、してねぇべ。ただ、海を見ていただけだからの。病人を気いつけてな」

キリギリス先生は、自分が着ていたオーバーをぬいで、房子にかけた。

「ごめんなさい……私が、わがままいったばっかりに……」

房子の声は、かすれがすれだった。


うちにかえると、ばっちゃと母ちゃと道子おばちゃが、かど先で、たき火をしながらうろうろしていた。

「房子さんは重病人だ。この寒い朝、よけい悪くなるでねぇの」

母ちゃのキンキン声に、勝は、耳をふさいだ。

「私が、ねだって、海につれてってもらったの。おばさん、ふたりをしからないで」

「んだぁ、悪いのは、房子だべ。でも、えがったな、房子。海をながめて、気分えかろう」

ばっちゃは、あまりおこらなかった。

「ありがとう、玉枝さん、勝ちゃん」

道子おばちゃが、涙《なみだ》をこぼしてよろこんだ。房子のほおにも、ポロポロ流れた。

房子は、夕方から、また、熱があがった。息がくるしそうだし、意識《いしき》ももうろうとしてきた。ときどき、くちびるがうごいて、かすれ声がもれた。

「コンニャクを……ウキが……キキュウに……兄ちゃん……テガミ……」

道子おばちゃが、必死でききとったが、意味がわからなかった。

二日後、房子は、道子おばちゃの手をにぎって、息を引きとった。肺病《はいびょう》にかぜをこじらせ、肺炎《はいえん》が命取りになったのだ。

「房子さん、ごめんなさい。海へ行かなければよかったのよ」

「ごめんな。おらが、リヤカー出さなければ、えがった」

玉枝と勝が、房子の亡《な》きがらに、泣きついた。

「あなたたちのせいじゃないわ。寿命《じゅみょう》だったのよ。生れつき身体の弱い娘《こ》だったがら。なのに、女子挺身隊に自分から志願《しがん》して、父親の分まで、がんばったのよ」

房子の父親は、戦争に反対する雑誌《ざっし》をだして、憲兵につれていかれ、そのまま半年ほどして、病気で死んだ。

残された家族は、世間から、白い眼で見られ、それに耐《た》えられず、自分から志願して、兄の勇雄は海軍にいき、房子は挺身隊にいったのだ。

「戦争のために、みんな死んじゃったわ。あの人も、勇雄も……房子までも。とうとう、ひとりぼっち……」

道子おばちゃは、房子が好きだった、白いスイセンを霊前《れいぜん》にそなえた。


このころの戦況《せんきょう》といえば、一月三日、米軍がマニラに侵入《しんにゅう》して、日米の激戦《げきせん》の末、マニラ市街《しがい》が壊滅《かいめつ》した。

二週間後の十六、七日には、延《の》べ二千二百機の米軍艦載機《かんさいき》が、関東と東海の航空基地《きち》をくりかえし攻撃《こうげき》してきた。

その数日後の十九日、米軍は硫黄島《いおうとう》に上陸した。日本軍は延長《えんちょう》二十キロの地下坑道《こうどう》の陣地《じんち》で抵抗《ていこう》したが一か月後に玉砕《ぎょくさい》した。米軍の日本本土攻撃は、じりじりと迫《せま》っていた。

十一、ひみつ兵器づくり

ミミフタギ

離《はな》れの庭では、梅の花が散って、桃《もも》の花が咲《さ》きだした。勝《まさる》は学校からかえると、すぐ離れのようすを見にいった。道子《みちこ》おばちゃが、房子《ふさこ》姉ちゃのお骨《こつ》のまえで、ぼんやりしているのが気になるのだ。そんなようすが、もう一週間もつづいていた。

勝が、そおっと、ガラス戸をのぞくと、

「あんれ、勝ちゃん、おかえり」

道子おばちゃの声が、思いがけず明るくかえってきた。房子姉ちゃのお骨のまえに、小さなおだいりさまとおひなさまがふたつ並《なら》んでいた。

「そろそろ、房子を山形《やまがた》さ、つれてかえろうと思ってね」

おばちゃは、荷物の整理をしていた。

「勝ちゃん、房子のカバンのなかさ、こんなものが」

道子おばちゃは、手ぬいのむらさきの布袋《ぬのぶくろ》から、うすい帳面《ちょうめん》を取りだした。

「房子姉ちゃの日記じゃねぇの。おらが、読んでええのか」

「勝ちゃんにも、いろいろめんどうかけたがら」

おばちゃは、うなずいて、鼻水をすすった。

日記は、挺身隊《ていしんたい》にいくまえから始まっていた。


（昭和一九年）

一〇月二三日（金）曇《くもり》

銀行づとめをやめ、女子挺身隊に志願《しがん》したい。まわりの友だちも、みんないく。一億総《そう》決起《けっき》！　ときどき微熱《びねつ》がでるが、なんとしても挺身隊にいきたい。兄《にい》ちゃんは、インパール作戦で戦死した。兄ちゃんにかわって、父さんの分まで、お国のために奉公《ほうこう》するのだ。

一〇月二四日（土）曇のち晴

身体検査《しんたいけんさ》にいって、だいじょうぶとの診断書《しんだんしょ》をもらった。母さんにしょうだく印《いん》をもらうときは、つらかった。

「とうとう、あんだもいくんだね。つとめさ、してれば、挺身隊にいかなくてもええのに」

と。母さんの声が、耳に残る。

一〇月二九日（木）晴

いよいよ出陣《しゅつじん》。母さんが、徹夜《てつや》してぬってくれた、かすりのもんぺと防空ずきんに、白いはちまきをしめ、腕《うで》に「挺身報国《ほうこく》」の腕章《わんしょう》をつける。「勝利の日まで」の歌に送られ、一路、列車で神奈川《かながわ》へ。山形《やまがた》県から五百余《よ》名の女子挺身隊一団。

一〇月三一日（土）曇

広いひろい相模《さがみ》原野《げんや》の原っぱのまんなかにある、これまた、広大な敷地《しきち》をしめるひろ～い相模原造兵廠《さがみはらぞうへいしょう》。ここが私《わたし》たちの職場《しょくば》だ。山形県と北海道《ほっかいどう》から、十八さい前後の女子挺身隊員、合計一千余名。サーベルをさげた、鼻ひげ所長の訓示で、私たちは、ひみつ兵器づくりにたずさわることを知る。

「いいか、ここで見ること、きくこと、やることなど、どんなささいなことも、外にもらしてはならん。家族にも友人にもだ。神国《しんこく》日本が、勝つのも負けるのも、君たちの肩《かた》にかかっておる。これは、おそれおおくも天皇陛下《てんのうへいか》のお言葉だ。がんばってくれ」

所長の言葉は、ジーンときた。ヒミツの仕事をまかされる、責任《せきにん》の重さに緊張《きんちょう》する。命をかけて、お国のためにがんばろう。「撃《う》ちてし止《や》まん米英」だ。日本男児は、神風特攻隊《かみかぜとっこうたい》で敵艦に体当たりしているのだ。

宿舎《しゅくしゃ》は、造兵廠《ぞうへいしょう》から歩いて十五、六分。往復《おうふく》する原っぱには、色とりどりのかれんなコスモスが咲《さ》きみだれて、ふるさとを離《はな》れたさびしさと、心細《こころぼそ》さをなぐさめてくれる。
みんなで、二戸建《にこだ》ての将校《しょうこう》宿舎に分宿だ。それぞれ四畳半《よじょうはん》と六畳と三畳のお勝手を、十二人ずつ、ふたつの班《はん》に分かれて使う。作業は十二時間交替《こうたい》だ。昼番、夜番ともに十二時には一時間の昼休みがあるので、交替のつど、一時間の空白時間がある。寒いので、昼番の人のあとに、夜番の人がもぐりこんで、同じふとんに寝《ね》る。こたつなどないが、前の人のぬくもりが残っているのであったかい。日曜日は全休なので、全員いっしょに寝る。

一一月二日（月）晴

早くも敵機の襲来《しゅうらい》。仕事を中断《ちゅうだん》して、防空ごうに入るが、なぜか相模《さがみ》の上空は通過《つうか》するのみ。

一一月三日（火）晴

われら乙女《おとめ》がつくるひみつ兵器は、なんと気球！　途方《とほう》もない大きな気球だ！　気球が兵器になるなんて、まさか……？

私たちの班《はん》は、気球の材料になる原紙づくりだ。コンニャクのりで、和紙を三重にはりあわせて、畳《たたみ》一枚《まい》大の厚《あつ》めの紙にする。工場内の設備《せつび》が、まだ完成していないので、屋外《おくがい》で実習する。手の先から足の先まで、上着ももんぺも、のりでベトベトだ。丹沢《たんざわ》の山のむこうに、白くなった富士山《ふじさん》が見える。山から吹《ふ》きおろす風が、肌《はだ》をさす。

一一月四日（水）晴

朝起きたら、たいへん！　みんな、一夜にして、はしかになってしまった！　顔も、首も手も、しっしんだらけだ。犯人《はんにん》は、原紙づくりの作業台のはり板にぬってあった、うるしだ。作業台はできたてで、まだ、うるしがかわいてなかったのだ。

一一月一四日（土）雨

土曜も平日どおりの作業をする。日曜は休んで、昼番と夜番が交替になる。だいぶ仕事になれてきた。初めのころは、一日五、六枚しかはれなかったが、今では、十枚こなせる。たいへんなのは、和紙と和紙をはりあわせたとき、空気が紙のあいだにはさまり、ウキ（しわ）ができることだ。ウキは、針《はり》をつきさして、空気をすりだし、注射器《ちゅうしゃき》でのりをすりこんで消す。のりをつけすぎると、重量がこえるので不合格品《ふごうかくひん》になる。

一一月二〇日（金）曇

親友の池上《いけがみ》さんは、はりあわせた紙の処理《しょり》をする班《はん》だ。はりあわせた紙を乾燥《かんそう》させて、苛性《かせい》ソーダー液《えき》のなかに二十分間ひたす。これを水洗《みずあら》いして、グリセリン液の大きな釜《かま》に入れ、六〇度で、三十分間煮《に》ると、パリパリの原紙が、皮のようにしなやかで、手で引っぱってもびくともしないほど強くなる。あかぎれた手にグリセリンをぬると、ふしぎとよくなった。

一一月二五日（水）晴

このごろ、私はどうかしている。監督《かんとく》の岡崎中尉殿《おかざきちゅういどの》の姿《すがた》を見ると、息が苦しくなる。すらっと、背筋《せすじ》が伸《の》びて、りりしいお顔にきびきびした言動！　早稲田《わせだ》大学をでて、六か月の軍事教育を受けられ、相模原《さがみはら》にいらしたとか。今日など、そばの通路をとおられただけで、耳が真《ま》っ赤《か》になってしまった。ほかの下士官や組長は、なんともないのに……。

一一月二八日（土）曇

初冬だというのに、作業場内は、三七度、湿度《しつど》百パーセント。汗《あせ》をびっしょりかくので、五キロやせた。たて百六十センチ、横七十センチぐらいの四角柱の蒸気乾燥機《じょうきかんそうき》が、教室の机《つくえ》のように並《なら》んでいる。ひとり一台担当《たんとう》。乾燥機の心棒《しんぼう》から蒸気が吹《ふ》きでてくる。A《エー》面の和紙をはりあわせ、くるっと九十度回転して、B《ビー》面の和紙をはりあわせる。また、くるっと九十度まわして、C《シー》面、D《ディ》面。一回転して、A面にもどってくる。すでにのりはかわいている。それを二重三重とくりかえしてはりあわせ、原紙ができあがる。

室内は、蒸気がたちこめて、ムンムン。蒸気の音もすごい。それぞれの乾燥機に配管されている蒸気の管《くだ》は、床《ゆか》にむきだしで、のりもこぼれて、ベトベトだ。うっかり歩くと、つまずくやら、すべるやら。十二時間労働は、さすがに身にこたえる。とくに夜勤《やきん》は、眠《ねむ》気《け》との戦いだ。

一二月一日（火）晴

初めての給料日なのに、印《いん》かんがない。家をでるとき、たしかに、カバンに入れたはずなのに。落としたらしい。友人たちは、四十五円の給料を手にしたのに、私は、もらえない。がっかり！　どうしたらいいのだろう……。

一二月二日（水）晴

感激《かんげき》！　岡崎中尉殿が、夜、勤務のとき、ペン軸《じく》を切って、私の「赤木《あかぎ》」の印かんをつくってくださった。千余《よ》人のなかのひとりのために……ありがたくて、涙《なみだ》をこぼしてしまった。給料がもらえたからではない。中尉殿のやさしさに感激したからだ。同郷《どうきょう》の野《の》上《がみ》さんに、

「私も、印かんをなくしたら、よかった」

と、うらやましがられた。

身体《からだ》がだるくても、岡崎中尉殿の声をきくと、きりっと身がひきしまるのは、なぜだろう。

一二月八日（火）曇のち晴

毎月八日は、大詔奉戴日《たいしょうほうたいび》。昭和十六年十二月八日の真珠湾攻撃《しんじゅわんこうげき》にちなんで、「ほしがりません、勝つまでは」と、清貧《せいひん》を肝《きも》にめいじる日だ。今夜の食事は、豆ごはんに、にしん

とずいきのごっちゃ煮《に》、なっぱのみそ汁《しる》。

一二月一一日（金）晴

このごろ、あちこちの部屋《へや》にオバケがでる。寝ていると、足や髪《かみ》の毛を引っぱられたり、ふとんを引っぱられたり。みんな寝不足で、げっそりやせた。コックリさんで、オバケ占《うらな》いをした。コックリさんの箸《はし》は、「今夜、オバケがでる」と、さした。

みんなで、岡崎中尉殿にそうだんした。

「よし、今晩、森山下士官とふたりで、部屋の入口で番をしてあげよう」

と。岡崎中尉殿が、そばにいてくださるので、みんな興奮《こうふん》して、寝つかれない。またまた、寝不足だ。オバケはでてこなかった。オバケは、男の人がこわいらしい。

一二月一四日（月）雨のち雪

手の指が、のりでふやけ、おまけに水虫になってしまった。このいたさなんか、戦地の兵隊さんの負傷《ふしょう》を思えば、なんともないのに、ついつい赤チンをぬってしまった。原紙が赤くなって、不合格品になってしまった。気球一こつくるのに、一万円もかかるというのに、もうしわけないことをしてしまった。あしたから、もっと、精神《せいしん》を集中してはたらこう。

一二月一五日（火）雪

夜中の十二時、夜食。白米のおにぎり。今どき、白米！　軍需《ぐんじゅ》工場は別天地だ。あんなにおいしくいただいていたおにぎりなのに、食欲《しょくよく》がない。

一二月一八日（金）晴

昼休み、掲示板《けいじばん》のまえに人だかりができていた。岡崎中尉殿が、新聞の切抜《きりぬ》きをはられた。アメリカで、原因《げんいん》不明の爆発《ばくはつ》事件や山火事などが発生し、多数の死傷者《ししょうしゃ》をだしている。

「君たちの努力が報《むく》われておる。がんばってくれ」

と、中尉殿の声。

やっと、真相がわかってきた。私たちがつくった気球が、爆弾と焼《しょう》い弾をつけて、アメリカにとんでいるのだ。ここでは、この気球のことを㋫と呼《よ》んでいる。

一二月二九日（火）曇

身体《からだ》がだるい。今日は、八枚しかはれない。岡崎中尉殿が、「ちょっと、休みたまえ」といって、私の乾燥機で作業をされた。十五分ほどであったが、「これは、きついね」といって、いたわってくださった。うれしくて涙がでた。ほかの班の人から、

「岡崎中尉殿を、ひとりじめするのは、キソクイハンだわ」

と、せめられた。

「気にすることないわよ。やきもち焼いてるのよ」

と、野上さんになぐさめられる。

一二月三〇日（水）雪

陸軍造兵廠《ぞうへいしょう》では、原紙から球体完成まで、一貫生産《いっかんせいさん》している。試験のため、空気を吹きこみ、寸法、耐圧《たいあつ》もれを検査し、合格すれば、たたんで重量をはかり完成。初めて耐圧試験に立ちあう。屋内《おくない》でみる直径十メートルの㊡の姿《すがた》は、巨大《きょだい》で荘厳《そうごん》としかいいようがない。とつぜん、㊡が大きな音をたてて破裂《はれつ》した。紙片《しへん》が桜《さくら》の花びらのように頭上に舞《ま》ってふってきた。

（昭和二〇年）

一月五日（火）晴

今、かぜがはやっている。この冬の寒さは特別だ。私が、六、七枚しかはれないのを、みんながおぎなってくださる。友情って……ありがたい。

㊡作業中の六か月は、手紙の発信は禁止されているのに、ある人たちは、親が危篤《きとく》だといって、帰省《きせい》し、そのままかえってこない。規則《きそく》は破《やぶ》られるためにあるのかもしれない。かの女らは、日曜日の外出のとき、投函《とうかん》し、実家と連絡《れんらく》をとっていたらしい。

一月九日（土）晴

午後空襲《くうしゅう》。小山のほうの上空で、Ｂ29とそれに体当たりする友軍機。防空ごうのなかから、おそるおそる、生まれて初めて空中戦を見る。友軍機が火だるまと化して、落ちる。涙して見る、ああ……。

一月十二日（火）晴

熱がさがらないので、起きあがれないの……兄ちゃん、ごめんなさい！

勝《まさる》が、ページをめくった拍子《ひょうし》に、パラパラッと封筒《ふうとう》が落ちた。

「あれれ、手紙だべ」

道子《みちこ》おばちゃは、手づくりの封筒から、紙切れを取りだした。おばちゃの目線が、行を上に下にとうごいた。

「房子《ふさこ》、あんだは……」

おばちゃは、手紙を勝にわたして、前かけで顔をおおった。

勇雄《いさお》兄ちゃんへ

兄ちゃんは、インパール作戦で、英霊《えいれい》になりましたね。でも、もう一度、戦ってください。㋡にのって、アメリカ本土に突入《とつにゅう》してください。私が最後につくった㋡にのって……。

昭和二〇年一月一〇日

房子

封筒のなかには、軍服姿《すがた》の勇雄の写真もあった。

「房子、あんだは、最後まで、しゃべらなかったね。気球つくってたなんてさ」

おばちゃは、涙をぬぐって、袋のなかをさがした。ペン軸の印かんが、だいじにハンカチに包んであった。

「房子姉ちゃは、勇雄兄にゃに、もう一っぺん、戦ってもらいたかったんだ」

勝は、手紙を気球爆弾につけてくれるよう、小山に頼《たの》んでみようと思った。

「房子、あんだは、みなさんにかわいがられて、お国のために奉公《ほうこう》できて、一人前に恋《こい》しいお人もできて、やっぱり挺身隊さ、いって、えがったな」

道子おばちゃは、晴れやかな顔になって、お骨《こつ》のそばに、印かんを置いた。

「お〜い、勝、道子おばちゃも呼《よ》んどいで」

ばっちゃが、母屋《おもや》のえんがわで、手まねきしていた。姉ちゃが、箕《み》をワッサワッサやっていた。箕のなかでは、いり豆が、一升《いっしょう》ばかり、ごろごろしていた。

「玉枝《たまえ》は房子と同い年だ。同い年のもんが、死ぬとミミフタギの厄《やく》よけせねばの」

ばっちゃは、新しいわらぞうりで、箕のなかの豆をザラザラゆさぶってから、ぞうりを姉ちゃの右耳に当てた。

「いい耳、きけ。いい耳、きけ。いい耳、きけ。悪い耳、きくな」

左耳にも同じことをくりかえして、ぞうりのはな緒《お》を切った。

「勝、このぞうり、お地蔵《じぞう》さまが立ってなさる辻《つじ》にすててこい。声をだすな。これで厄ばらいは、おわりじゃ。さあさ、みんな、豆、食おう。房子や、成仏《じょうぶつ》するのじゃよ」

勝は、ぞうりをかかえて、走った。途中で、孝一《こういち》にあった。

「おい、勝、どこさいぐ?」

だれに話しかけられても、声をだしてはならない。口をきくと、厄ばらいができない。

勝は、いちもくさんに走った。


この月、三月十日、B29が東京上空に三百三十四機来襲《らいしゅう》し、二時間半にわたって、二千トンの焼《しょう》い弾を落とし、下町の四十パーセントが焼けた。米軍がわは、これを「世界最大の火災《かさい》」だと報道《ほうどう》した。十七日には、硫黄島《いおうとう》が、米軍に占領《せんりょう》され、二十三日には、沖縄《おきなわ》本島が艦砲射撃《かんぽうしゃげき》を受けるまでに追いつめられた。

気球爆弾は、全国各地を総動員《そうどういん》してつくられた。

当時のコンニャクの内地生産は、六千トン。直径十メートルの気球一こをつくるのに、九十キログラムのコンニャク粉《こ》が必要だったので、全生産量をあつめても足りなかった。コンニャク粉の品質《ひんしつ》を統一《とういつ》するため、規格《きかく》をもうけ、全国のコンニャク業者を動員した。

原料の手すき和紙は、埼玉《さいたま》の小川、岐阜《ぎふ》の美濃《みの》、高知《こうち》の土佐《とさ》、鳥取《とっとり》の因州《いんしゅう》、福岡の筑後《ちくご》、愛媛《えひめ》、石川などの手すき和紙業者を動員し、統一した仕様《しよう》のもとに製造された。

加工には、東京をはじめ、北海道、山形、福島、埼玉、長野、静岡、岐阜、福井、京都、大阪《おおさか》、鳥取、島根、岡山、広島、山口、四国の四県、熊本《くまもと》、佐賀《さが》、福岡などから、女学生や女子挺身隊員が、数万人動員された。昼夜十二時間労働の突貫《とっかん》作業で、できあがった気球は、千葉の赤塚《あかつか》陸軍補給廠《ほきゅうしょう》にあつめられ、そこから勿来、大津《おおつ》、一宮《いちのみや》の発射《はっしゃ》基地へ補給された。

十二、流れ爆弾《ばくだん》

缶《かん》たたき

三月十日の東京大空襲《くうしゅう》で、焼けだされた人が、勿来《なこそ》にも疎開《そかい》してきた。教室の机《つくえ》が、だんだんふえていく。勿来の松山寺《しょうざんじ》には集団で学童疎開してきた都会の子の学校がある。地元の学校とめったにいっしょになることはないが、ときどきけんかをして、さわぎを起こすこともある。

みぞれがふった早春の朝、勝《まさる》が教室に入ると、おおさわぎになっていた。そばかす顔の正志《まさし》が、小がらな孝一《こういち》と、つばをとばして、しゃべくっている。まわりを勇《いさむ》や清《きよし》や君子《きみこ》が、心配そうな顔をして、取りかこんでいる。

「キリギリス先生、監獄《かんごく》さ、入れられたってよ」

「先生、なじょしたんだ?」

「スパイだってよ。キリギリス先生、校長先生と、あんまし、なかよくなかったべな」

「バカ!　校長先生とけんかして、監獄、入れられるわけねぇべ」

「そうだな……なにか、軍のことで、やばいことやったかな。たとえばさ、基地《きち》で」

(基地で?)

勝は、ドキッとした。

「ひょっとしたら、おらの身がわりかもしれねぇ」

勝が、勇の耳もとで、つぶやいた。

「勝、心当《こころあ》たりあるのか?」

「やばいよ、おら……」

勝は、勇を窓《まど》ぎわに引っぱって、房子《ふさこ》を海へつれていったときのことを話した。

「そうだったのか……そりゃ、先生、おまえの身がわりだね、きっと。憲兵隊《けんぺいたい》のとこいって、話したほうがいいよ」

「だってさ……」

勝は、こまったことになったと思った。

「勝、おまえ、男だろ。自分でやったことに、ちゃんと責任《せきにん》とれよ。先生、今ごろ、監獄のなかで、赤いべべ、着せられてさ……」

「いいよ、わかったよ。校長先生にそうだんしてみっか」

勝は、勇につきそわれて、校長室にいった。

「なんじゃ、勝か。ばっちゃの腰《こし》、ぐあいどうだべ？　このあいだ、お不動さんのまえで会ったよ」

校長先生は、めがねの下から、ぎょろり。

「あの……キリギリス……いいえ、岸《きし》先生が……」

勝が、もじもじしているので、勇が、助け船をだした。

「校長先生、岸先生が、監獄に入れられたのに、勝のためかもしれないんです」

「ふう〜む……」

校長先生は、腕《うで》ぐみして、机のまわりを、ひとまわりした。

「それが……勝のためだけじゃねぇ……ほかにもいろいろとな」

「やっぱり、おらのせいもあるのか」

「ぜんぜんないことも、ないがの。心配すんな、勝。岸先生はだいじょうぶだ」

校長先生は、勝の肩《かた》をたたいた。

勝が、うちにかえると、じっちゃが、畑からかえったばかりで、かど先のせせらぎで、くわを洗《あら》っていた。

「勝、なじょした？　元気ないの」

勝は、しぶしぶ話した。

「そりゃ、まずいことになった。どうしたもんかの……。このくわ、おまえ、洗っとけ」

じっちゃは、地下たびをはきかえて、あたふたでかけた。

あたりが暗くなって、じっちゃが、かえってきた。

「勝、岸先生は、学校には、当分もどれねぇだろな。実家にかいた手紙、郵便局《ゆうびんきょく》で憲兵に検閲《けんえつ》され、読まれたらしい」

拝啓《はいけい》
父上《ちちうえ》、母上殿《ははうえどの》、お元気でお過ごしのことと存《ぞん》じ候《そうろう》。小生《しょうせい》、相変《あいか》わらず子どもたちと、楽しく過ごしおり候。他事《たじ》ながら、ご安心くだされたく存じ候。
こちら、勿来の海には、朝な夕な、美しいくらげ祭りの舞《ま》いを見あげており候。ご両親様にもお見せいたしたく存じ候。御身《おんみ》お大切《たいせつ》に。
敬具《けいぐ》

「まずかったな、『くらげ祭りの舞い』は。ひみつ基地で、憲兵は神経《しんけい》をとがらせてるからのう。このまえは、子守《こもり》をよそおった、スパイがつかまったそうじゃよ。なんでも、赤ん坊《ぼう》の下に、無線機をかくして、気球があがるたびに、どこかへ信号を送ってたそうじゃ。

うそか、ほんとか知らんがのう」

じっちゃは、にわとり小屋を閉《し》めながら、いった。

「他人の手紙、開《あ》けて読むほうが、おかしいよ。そんなことしてええのか」

「憲兵さまは、別じゃよ。岸先生、まさか、手紙まで読まれるとは、思わなかったべな。気の毒にの。運が悪かった」

「房子姉ちゃとおったちが海にでたとき、先生が道にかかったのもよくなかったな。やっぱり、おらにも、ちょっぴり責任あるな。なしたらえかっぺ」

「しかたねぇべ。すんだこった。わしらの手におえん相手じゃで」

勝は、ますます気落ちした。先生に会ってあやまらねばと思った。


次の日、土曜日。勝は、学校がえり、ひとりで駅まえの駐在所《ちゅうざいしょ》によった。

「巡査《じゅんさ》さん、岸先生、どこさいる?」

「おんや、こりゃ、関本《せきもと》のがきだべ。なしたっぺ? そんなおっかにゃ顔してよ」

顔見知りの巡査が、庭のすみっこに、大根の種《たね》をまいていた。

「ええとこさ、きたな。ほれ、手伝え。道落ちてる馬ふんさ、ひろってきて、こやしに入れとくれ」

「馬のくそひろいなんて、おら、やだよ。それより、岸先生どこさ、いる?」

「岸先生か……そりゃ、こまったの……」

巡査は、防火用水《ぼうか》で、手を洗って、どろをはらい、なかに入った。

そのとき、電話のベルが鳴った。

「は、はい、こちら勿来駅前駐在所……はい、えっ! 大津《おおつ》の気球爆弾《ばくだん》! えっ! 流れた? えっ! 国民学校! は、は、はい、ただちに……了解《りょうかい》」

巡査のあわてようは、ただごとでなかった。

「巡査さん、なにごと?」

「なにごともかあごとも、たいへんなこった! おい、これもって、村中《むらじゅう》たたいてまわってくれ」

巡査は、からのブリキの一斗《いっと》(一八リットル)缶《かん》を、勝におしつけた。

「空襲《くうしゅう》か? 敵《てき》の飛行機がきたのか?」

勝は、缶をもって、外にとびだした。

「気球爆弾が、学校のほうさ、流れてるって! おーい、みんなにげろ! 爆弾が落ちてくるぞ!」

巡査が、さけびながら走った。サイレンも鳴りだした。

「お～い、みんなにげろ！　爆弾が落ちてくるぞぉ～」

勝は、夢中《むちゅう》で缶をたたいて、走った。おそるおそる空を見あげた。いつもは、だんだん小さくなって流れる気球が、だんだん大きくなる。

軍のトラックがけたたましいサイレンを鳴らして、追っかけてきた。

「みんな退避《たいひ》しろ！　気球が落ちたら、半里（約二キロメートル）四方ふっとぶぞぉ～」

「どっちさ、にげたらええのかのう？」

「気球と反対の方角へ、退避しろ！」

「気球は、どっちさ、いぐのだ？」

あっちからもこっちからも、さけび声や、子どもの泣き声がきこえてきた。学校につうじる駅前通りは、もう、とんださわぎになった。

「敵をやっつけるまえに、おらたち、味方がやられるのかぁ。ああ、ナンマイダ」

とうふ屋のじっちゃんが、どうしたことか、まくらをかかえて、道ばたにうずくまっていた。

「おい、じいさん、そんなとこにうずくまってないで、防空《ぼうくう》ごうに入れ」

憲兵が叫んだ。

「そんな気のきいたもん、この村にはねぇよ」

「この非常事態《ひじょうじたい》に防空ごうもないのか。それくらい掘《ほ》っておけ」

「そんなこといわれても、おい、それ、今、入るには、まにあわんわい」

あっちでもこっちでも、村人のあわてようはたいへんだった。

勝は、走りつづけた。走っても走っても、気球は追いかけてくる。

(もう、だめだ!)と思ったとき、気球は、ふんわか、学校近くの民家の屋根に不時着《ふじちゃく》した。気球爆弾を回収《かいしゅう》するあいだ、半里四方の住民は、ひとり残らず、避難することになった。決死隊員が、五人屋根にあがった。

「あんれ、あの兵隊さん?」

勝は、小山ににた兵隊を見た。命をかけてはたらく姿《すがた》は、神《こう》ごうしかった。

「こら、なにをぐずぐずしておる! 早く退避しろ! 爆弾が破裂《はれつ》したら、命はねぇぞ」

憲兵に追っぱわれて、勝は、あわてて退避した。

(お国のためにはたらくということは、たいへんなことなんだ)

勝は、死んだ房子姉ちゃのことを思いだした。チビ黒は、いまごろ、どこにいるのだろう。別れがつらくて、山にかくれた自分が、とっても小さな人間に思えた。

勝は、(どうか、神さま、仏《ほとけ》さま、爆弾を無事《ぶじ》回収できますように)と、心のなかで手をあわせた。

爆弾は、三時間かかって、無事回収された。

「このあいだの大きな地ひびきも、はては、気球爆弾が、海さ、おっこちた音だったのだ」

「ここだけの話じゃが、なんでも北海道や秋田にも、不時着したそうだ」

「そういえば、このまえは、日本海のほうへとんでいった気球を、軍の飛行機が追いかけ、機銃掃射《きじゅうそうしゃ》で、爆発させたとか」

村人は、いつまでも、やいのやいのと、おおさわぎした。勝みたいな寝坊《ねぼう》でも、今まで、夜中に二回ほど、地ひびきで、目をさましたことがあった。

「こんな山おくの村でも、防空ごうさ、入らねばならねぇときがきたとはのう…」

それから、どこのうちでも、自分のうちの庭に、深いごうを掘ることになった。

アメリカでは原子爆弾《ばくだん》が

オレゴン州、ブライの春はおそい。三月なかばというのに、ランスの家のまわりは、まだ、雪がある。それでも、日だまりでは、黒い土が顔をだし、みどりの雑草《ざっそう》が芽をだしている。

陸軍省につとめるランスの兄、ロバートは、数日の出張《しゅっちょう》だといって、家をでたまま、もう、五日も帰宅《きたく》していなかった。日本からとんでくるバルーンボムが、あちこちで山火事を起こすので、ロバートらは、防火《ぼうか》作業におおいそがしだ。陸軍と空軍が共同で、空からパトロールし、煙《けむり》を発見すると、落下傘《らっかさん》でおりて、消火するのだ。

「兄ちゃん、今日もかえってこないね」

サパー《ゆうはん》のテーブルで、ランスが心配している。

「なにか、事件《じけん》でもあったのかしら」

姉のナンシーが、フライドチキンをほおばりながら、首をかしげた。

「ジャップのバルーンボムには、手をやいてるね。不発のまま落ちるのもあるから、危《き》険《けん》だ」

ダディは、ムシャムシャ、サラダを口にはこんだ。

「おお、神さま、どうか、ロバートをお守りください」

マミィは、フォークを置いて、両手をあわせた。

「それにしても、人に被害《ひがい》がないのが、ふしぎだ」

「ダディ、けががあったら、それこそたいへんだよ。……あれ、ロバートの車の音？」

ランスが、いち早く気づいて、玄関《げんかん》にでた。

思いもかけない、一マイル（約一・六キロメートル）先のカーター夫人だ。なにか思いつめた表情《ひょうじょう》だ。

「お母さん、いらっしゃる？」

マミィが、すぐに顔をだした。

「ちょっと、いいかしら。ぜひ、話きいていただきたいの。そうでなければ、私《わたし》、精神《せいしん》病院に入れられるかもしれないの。あなたなら、私のいうこと信じてくださると思って」

ロングドレスの品のいい、牧場主《ぼくじょうぬし》の夫人だ。

「なんでしょう。私は、いつでもあなたのお友だちだわ」

カーター夫人は、ゲストルームで、マミィに話した。

夫人が、今日の午後、せんたくものを取り入れていたら、突然《とつぜん》、満月のように光っているものが、東の空にあらわれた。しばらく浮《う》かんで、まぶしくかがやいていたが、どこへともなく消えたという。

「去年の秋も、おかしなもの、見たのよ。森のむこうに、光りの玉が落ち、なにかふわふわと白いものが流れたのよ。そのこと、主人に話したら、『幻想《げんそう》』だというの。ボケの前兆《ぜんちょう》だから、あした、精神科の医者にみてもらおうというの。長年つれそった主人が、私のいうこと、信じてくれないの。私、情《なさ》けなくって……私、ほんとうに見たんだから」

カーター夫人の声は、だんだんボリュームがあがって、ダイニングルームまでつつぬけだ。ダディが、夫人をなだめにかかった。

「ご主人には、ぼくが説得《せっとく》してあげるよ。あなたが、ボケてなんかいないこと、私たち信じてるから」

「まあ、うれしい。やっぱり、私の親友だわ。お話してよかったわ。胸《むね》がすっきりしたわ。お食事中、悪かったわね、じゃあね」

カーター夫人は、安心してエンジンをふかして、かえっていった。

まえの年の秋から、空軍の士官たちは、「空に浮かぶ、大きなくらげを見た」とか、「怪《かい》物《ぶつ》が山の上をとおりすぎた」とか、一般市民から多くの情報《じょうほう》をえていた。

カーター夫人がかえって、マミィは、熱いミルクをカップにもってきた。

「さぁ、寝《ね》つきの悪い人、これ、飲んで。ミルクには、カルショウムがいっぱいあって、気持ちをしずめてくれるのよ」

そのとき、車の音がして、ロバートがかえってきた。ひげがのびほうだいで、げっそりしていた。

「おかえり、兄ちゃん」

「まぁ、ロバート！　無事でよかったわ。心配したのよ。電話ぐらい入れてくれればよかったのに。食事は?」

「いらない。それよりシャワーだ」

ロバートは、シャワーを浴《あ》び、リビングのソファーに横になった。

「たいへんだね、ロバート。どこまでいってたんだ?」

新聞を読んでいたダディが、たずねた。

「ハンフォードまで」

「ハンフォード? ……ワシントン州の……なんで、また、そんな人里離《はな》れた、北の荒《こう》野《や》に?」

「ジャップは、おそろしいよ……まったく……すごいよ」

ロバートの声が、いつもとちがう。深刻《しんこく》そのものだ。

「どうしてなの?」

マミィが心配してたずねた。ロバートは、だまってしまった。

「マミィ(そっとしておこう)」

ダディが目くばせした。

その夜、ランスは「絶対《ぜったい》にひみつを守るから」といって、ロバートから話をききだした。

ダディもマミィもナンシーも、もう、みんな寝しずまっていた。どこかで、おおかみが遠ぼえしていた。

「日本軍に、ひみつ基地《きち》を発見されたかもしれん」

「どうして？　日本の偵察機《ていさつき》でもとんできたの？」

「そんなはず、ないんだ。それなのにさ、原子炉《げんしろ》が直撃《ちょくげき》された」

「げんしろって？」

「新型爆弾……原子爆弾つくってるとこだ。これ、ひとつ落とせば、大都市ひとつ、いっしゅんで壊滅《かいめつ》だ」

「へぇー、すごいんだぁ」

「原子爆弾は、ドイツでも日本でも研究されてるはずだ。この爆弾を先に使った国が、この戦争には勝てるんだ」

「早いもの勝ちか。……でもさ、学校じゃ、アメリカが勝つのは、もう、時間の問題だって、みな、いってるよ」

「そう、アメリカ国民、みんなそう思ってる。でもさ、こんどのようなハプニングがあると、ドキッとして、口もきけなくなるさ」

ロバートは、額《ひたい》にしわをよせて、ひそひそ話した。

五日まえの三月十日、日本からとんできた風船爆弾が、ハンフォードの原子炉の送電線にひっかかった。幸《さいわ》い、不発だったので、大事《だいじ》にならなかったが、もしも、爆発していたら、大事故《だいじこ》になった。原子炉の炉《ろ》心冷却水《しんれいきゃくすい》を送るポンプが、急停止して、原子炉が、〇・二秒止まってしまった！

（注　この炉は熱出力は三分の一だったが、一九八六年大事故を起こした旧ソ連のチェルノブイリ原発と同型だった。チェルノブイリの場合は、四秒後に破裂《はれつ》した）

ハンフォードの原子炉は、安全装置《そうち》がはたらいて、事故はまぬがれたが、もとの出力をだすのに、三日もかかった。

アメリカは、「マンハッタン計画」という暗号名で、一九四一年十二月から原子爆弾の製造《せいぞう》にとりかかった。ドイツでも日本でも、原子爆弾の研究をしていたが、今次《こんじ》の戦争にまにあわないと、あきらめていた。

原子爆弾の完成のめどがたって、アメリカは、日本に投下することを決めた。一九四四年九月、原爆投下爆撃隊を編成《へんせい》して、ポール・ティベッツ大佐指揮官《たいさしきかん》のもと、いつでも出動できる準備《じゅんび》をしていた。そんな矢先《やさき》、日本の風船爆弾が、原子炉に不時着《ふじちゃく》したのだ。

それから、四か月後の七月十六日、ニューメキシコのアラモゴード砂漠《さばく》で、初めての原爆実験が成功した。そして、八月、同じ原子爆弾が、広島《ひろしま》と長崎《ながさき》に落とされることになる。

十三、肉弾爆弾《にくだんばくだん》

肉弾突撃《とつげき》

五浦《いづら》海岸の岩はだに、山ぶきの花がしだれていた。

小山太一《たいち》は、水戸《みと》の陸軍病院を退院《たいいん》して、ここ、大津《おおつ》の連隊本部の気象隊にいた。右足が不自由になり、片方《かたほう》の視力《しりょく》が落ちて、気球爆弾打ちあげの現場には、もう、もどれなかった。

四月初めの昼下がり、小山が、自分の部屋で昼食をとっていると、菅野《すがの》が入ってきた。

「やぁ……」

菅野は、そばのベッドにすわって、勝手に自分で茶を入れた。小山は、さいごの一口の飯《めし》を茶づけにして、サブサブッとかきこんだが、あいさつもかえさなかった。大津にきて、小山は、無口な男になっていた。その日も、小山のきげんはよくなかった。

勿来《なこそ》の基地《きち》にいた菅野も、今は、大津にいる。

勿来では、気球につめる水素《すいそ》ガスを、昭和電工川崎《かわさき》工場など、京浜《けいひん》工業地帯からはこんでいたが、二月十九日の東京、京浜地区の空襲《くうしゅう》や三月十日の東京大空襲など、たび重なる空襲で、道路があちこちで寸断《すんだん》されるし、工場は爆撃を受けるし、水素ガスの補給《ほきゅう》が、思うようにできなくなった。

勿来基地の六百人の隊員のうち、半分が大津にうつっていた。大津基地では、海水をくみあげて、水素ガスの自給をしているので、いままでどおりの活動をかろうじてつづけられた。

「小山、なにかあったのか？」

小山は、しばらく菅野を無視していたが、茶を飲んで、箸《はし》を置くと、ベッドの下から新聞を引っぱりだした。

「な～んだ、そんなことか。今日も新聞に気球爆弾の記事はのってない、というのか」

菅野は、軽くあしらったが、隊員のだれもが、いちばん気にしていることなのだ。

一度は、アメリカで死傷者《ししょうしゃ》が五百人でたというニュースが流れたが、それはでっちあげで、ほんとうは、とんでいる気球を見たものが五百人いるということだった。

それ以後、気球爆弾は、いったい、アメリカまで到着《とうちゃく》しているのか、被害《ひがい》があるのかどうかもわからなかった。アメリカがわの完ぺきな沈黙《ちんもく》作戦に、みな、いらいらしていた。

小山は、むっとして、らんぼうに食器をかたづけると、兵舎《へいしゃ》から丘《おか》を数百メートルくだった。ここ、大津基地は、大津港と平潟港《ひらかたこう》のあいだの沢地《さわち》や丘陵地《きゅうりょうち》にある。十八この放球台のあいだに、迷彩《めいさい》されたガスタンクが点在《てんざい》している。

軍が作業場に借りあげている民家のわきをとおって浜《はま》にでた。海岸には、大きな土管がたこ足みたいに、何本も足を海水につっこんで横たわっている。海水をくみあげて、水素ガスを精製《せいせい》しているのだ。

小山は、すぐそばの出鼻岬《でっぱなみさき》に登った。目の前に太平洋《たいへいよう》の海原《うなばら》が、百八十度ひらける。春がすみで、水平線を雲かと見まがう。太平洋の荒波《あらなみ》をこえてくる春風は、まだ、肌《はだ》をさす。足もとは、三、四十メートルの断崖《だんがい》になっていて、じっと、見おろしていると、海水から頭をもちあげている岩が、庭のとび石に見えて、身体《からだ》が吸《す》いこまれそうになる。

菅野が、あとを追ってきた。

「きさまのあせる気持ちは、自分も同じだ」

「時間がないんだよ！　……急がなければ……決死行《けっしこう》を！」

小山は、にぎりこぶしをふりあげて、さけんだ。

「風まかせの自動投下なんかで、敵《てき》の軍事基地攻撃《こうげき》は、むりだよ。人がのって、肉弾突撃をやるんだ！」

小山は、ポケットから、すり切れた紙切れを、大事そうに引っぱりだした。

「なんだ、また、それか……工学部の友だちに計算してもらったやつだろ」

菅野が、舌《した》うちして、そらんじた。

「有人用気球は、直径を十九メートルにし、バラスト六百キロ、人の体重と生命保持器具など三百キロ、それに爆弾二百キロがのる」

軍には、もう、有人用気球ができあがっているのではないかと、小山らは勘《かん》ぐった。なんどか、大隊長に問いただしたこともあった。

「あせるな、血気《けっき》をおさえろ。時機《じき》がくるまで、おまえたちの命は、わしがあずかっておく」

大隊長の返事は、いつも同じだった。

小山や菅野のほかにも、気球爆弾にのっていく特攻志願《しがん》をするものが、ふえていたのだ。

気球爆弾は、三つの基地から、十一月に七百こ、十二月に千二百こ、一月に二千こ、二月に二千五百こ、三月に二千五百こ、放球された。当初、放球数は、二万とも三万ともいわれていたのだから、予定をはるかに下まわっていた。

四月に入り、数百発あがったが、偏西風《へんせいふう》が弱まり、気球は、高度百メートルから二百メートルで途方《とほう》もない方向に流され、民家や竹やぶに舞《ま》いおりることもあった。

千葉の一宮《いちのみや》基地では、二月なかごろから、三、四千メートル浮上《ふじょう》した気球爆弾が、敵機に、くまなく撃ち落とされるようにもなった。

小山のあせりは、もう、パンクだ。

「もう、一日ものばせない！」

吹《ふ》きさらしの出鼻岬で、小山と菅野は、とうとう、結論《けつろん》をだした。

四月八日・肉弾突撃決行！

勿来から、こっそり二球だけとぶ！　同期の渡部《わたべ》と小坂《こさか》両下士官に計《はか》らいをたのむ。直径十メートルの現状《げんじょう》の気球を使うしかない。自分の体重と酸素吸入器《さんそきゅうにゅうき》と防寒具《ぼうかんぐ》の重さ分をバラストの砂袋《すなぶくろ》と焼《しょう》い弾の重さ分からへらす。緊急《きんきゅう》にできる準備《じゅんび》だ。

この日のために、防寒具や酸素吸入器は、航空隊員のものを、友だちづてに、こっそり調達《ちょうたつ》していた。

どこまでとべるかわからなかった。

海に落ちて、もともと！　万に一、敵国に突入《とつにゅう》できるかもしれない。日本本土は、敵機にさらされているのに、だれひとり敵地にのりこめないなんて、無念きわまりない。

それから三日後、いよいよ決行の日、夕方六時、風のないころを見はからっての放球だ。部隊長にも大隊長にも中隊長にも、もちろん、ないしょだ。あとのことは、渡部と小坂が責任《せきにん》をとってくれる。とんでいくものにも、あとに残るものにも、命がかかっている、決死の飛行なのだ。

人目をしのび、トラックで四キロ北に走り、午後三時に勿来入り。

基地のいちばんおくの十二番放球台だ。まわりの木立《こだ》ちは芽ぶき、谷間にうぐいすの鳴き声がこだましている。小山は、ため池の土手に立った。水面に三人の部下の影《かげ》を見たような気がした。（松木《まつき》、大川《おおかわ》、小谷《こたに》……）

ふっと、われにかえったとき、青大将《あおだいしょう》が、ぐいっと首をもちあげ、すうっと水草のなかにきえた。小山は、思わず身ぶるいした。小山が、初めて勿来にきた日の同じ光景を思いだしたのだ。

土手下にあるバラックの倉庫《そうこ》に入ると、どこから手に入れたのか、渡部と小坂が、別れの酒を準備していた。たがいに、言葉はなかった。酒の味などない。

小山は、手帳《てちょう》に辞世《じせい》の歌をかいた。

み国《くに》に捧《ささ》げむ　ひとひらの桜《さくら》

ひんがしの　み空に咲《さ》いて　散るらむ

小山が、大津にいることなど、家族は知らない。いや、東京の家族が生きているかどうか、小山にもわからなかった。

「ふ」号作戦に従事《じゅうじ》しているものは、ほとんどが、南方の島で応戦していることになっていた。

「おお、そうだ。小山あての手紙がきておった」

ひげづらの渡部が、えんぴつがきの茶封筒《ちゃぶうとう》をさしだした。

「勝《まさる》……ああ、勿来の馬の少年か」

小山は、こわばっていたほおを、やっと、わずかにほころばせて手紙を読んだ。房子《ふさこ》の手紙と勇雄《いさお》の写真が、小山のポケットにおさまった。

「日本文字は（敵にわかるので）禁止《きんし》だが、いまとなっては……」

小山はポケットをたたいて、さびしそうにほほえんで、目をとじた。やみのなかで、馬の少年と三《み》つあみの少女が、手をふった。

（……さようなら、また、会う日まで……）

小山が、メロディーを口ずさみながら、立ちあがった。菅野も杯《さかずき》を置いて、しずかに立ちあがった。

（いよいよだな）と、目と目があって、たがいにうなずいた。菅野は十一番放球台だ。ふたりは、別れのかたい握手《あくしゅ》をした。

と、そのときだった！

中隊長が血相《けっそう》をかえて、放球台にやってきた。

「ただちに、全員、倉庫前広場に整列すべし！」

いままで、きいたこともない中隊長の緊張《きんちょう》した声だ。

資材《しざい》不足で数百人にへっていた、勿来第三大隊員は、数分後、一糸《いっし》みだれず、全員整列した。大隊長のこわばった姿《すがた》に、みなが緊張した。

「大本営《だいほんえい》から命令がくだった。……ただちに気球爆弾によるアメリカ本土攻撃を中止すべし。本土決戦に備《そな》え、地上作戦用陣地《じんち》を構築《こうちく》すべし」

いっしゅん、大きなどよめきが、起こった。

小山は、自分の耳をうたがった。

（ただちに気球爆弾によるアメリカ本土攻撃を中止すべし……中止すべし……そんな！そんな、ばかな！㋫号《まるふ》作戦は、日本軍にとって、最後の切り札だったんだぞ！㋫号《まるふ》作戦中止ということは、日本が負けることではないか……だから……だから、自分はあせったのだ……）

小山は、入隊したときから、胸《むね》の片《かた》すみの（日本は負ける……）という思いを、どうしようもなかった。

（だってさ、考えてもみろ。……日本の資源《しげん》も生産力も、アメリカの二十分の一とか、十分の一とかなんだよ。勝てるはずがないじゃないか）

しかし、負けるということが、どういうことなのか、さっぱり見当がつかなかった。日本という国が亡《な》くなることかもしれないが、そうなったら、いったい、国民はどうなるのか、想像《そうぞう》もできない。

小山の頭のなかで、（自分は国家とともに、死ななければならない）という思いだけが、ふくらんでいた。

「自分は、これから敵地に突入するんだ！　あと、一発でいいんだ。自分がとんでから、中止してくれ！」

小山は、半狂乱《はんきょうらん》になって、放球台にかけもどった。

「お～い、放球準備にかかれ！」

小山は、放球台のそばにたたんであった、気球をひろげ、水素ガスをつめようとした。

隊員たちは、みな放心状態《じょうたい》になって、うつろな目を小山にむけた。だれも手をかしてくれるものはいなかった。

菅野は、「ばかやろう！」と、さけんだかと思ったら、大声をあげて、ケタケタ笑いだした。かと思ったら、気球を入れてあった、棺《かん》おけみたいな大きな木箱のなかにうずくまって、肩《かた》をふるわせ始めた。

自分の墓穴掘り《はかあなほ》

小山は、夢遊病《むゆうびょう》のように歩いた。

気がついたら、出鼻岬《でっぱなみさき》の絶壁《ぜっぺき》に立っていた。そおっと下を見おろした。よせる波が、岩にあたってくだけ、白いしぶきになって、とび散る。

自分の身体《からだ》が、あの岩にあたってくだけたら、赤いしぶきになって、とび散るだろう。あの大きな波にのろうか。次におしよせる波にのろうか。小山は、自分がのる波をさがした。今度こそ……今度こそ……。いや、あの黒い波がよい。それ、いまだ！

身体を浮《う》かしたとたん、小山は、だれかに肩《かた》をつかまれた。

「おおっと、早まるな！」

鬼《おに》の面をつけたような菅野《すがの》が、立っていた。

「同じ命をすてるなら、敵《てき》のひとりもやっつけて死んでも、おそくはないぞ。……いよいよ、本土決戦だ……」

菅野は、夕やみせまる水平線に目をやった。うさぎの目みたいに、赤くはれあがっていた。

「結局、㋫号《まるふ》作戦は、なんの役にも立たなかった。あの広い空と海が、みんな飲みこんでしまった。自分らの魂《たましい》まで、飲みこまれてたまるか！」

菅野が、しわがれ声で、もがいた。

ふと、菅野は、肩にひっかかった小枝《こえだ》を手《た》おった。ぐみの実ぐらいの黒い実が、五、六こついている。

「これ、お歯黒《はぐろ》の実じゃないか。子どものころ、ばあさんに教わったな。昔、女の人が、この実の汁《しる》で、歯を黒くそめたんだってさ。夫が戦いにでると、無事にかえってくるまでは歯を黒くしていると、願《がん》をかけたそうな。……いつの世にも、戦《たたか》いは人を苦しめるもんだな」

小山は、耳をかすよゆうなどなかった。不注意で部下を死なせているのだ。

（自分は、やつら三人を犬死《いぬじ》にさせてしまった。どうしたら、やつらは浮《う》かばれるんだ？）

「ひとりにしてくれ」

小山は、菅野をふりはらうと、長浜《ながはま》海岸におりた。水素《すいそ》ガス精製《せいせい》のために、たこ足のように海水につっこんである土管も、もう、ただのがらくただ。

小山は、砂浜《すなはま》づたいに北に歩いた。

やがて、みち潮《しお》になって、浜が消えた。

太陽は、西の山にかくれ、海は黒くそまった。波音だけが、同じリズムをかなでていた。

小山は、軍刀《ぐんとう》を腰《こし》からはずして、岩かげにあおむけになった。三日月がでていた。小山は、初めて勿来《なこそ》にきた夜を思いだした。

(あれから、八か月か……つい、二、三日前のような気もする。いや、もう、なん十年も昔のような気もする)

あの夜、小山は、海にむかってさけんだ。

「いよいよ、アメリカ本土攻撃《こうげき》だ!」と。

「ふ」号作戦中止となった今、もう、その望《のぞ》みはない。

「ゆるしてくれ。大川《おおかわ》、松木《まつき》、小谷《こたに》。これから、自分もいく」

小山は、胸《むね》の内ポケットから、鎮静剤《ちんせいざい》をだし、口にふくむと、海水を手ですくって飲んだ。大きな深呼吸《しんこきゅう》をして、軍刀のさやをぬき、手首にあてた。血しぶきがあがった。ふしぎと、いたみを感じない。うちよせる波に腕《うで》をのばした。

「きれいだ、今夜の空は。身体がすいこまれていく。あしたの夜は、自分もあの星の仲間になって、下界《げかい》を見おろしているだろう……」

小山は、しずかに目を閉《と》じた。


どこかで、いちばんどりが鳴き、犬がほえたような気がした。

「小山、しっかりしろ」

夢《ゆめ》のなかで、菅野の声をきいた。

「兵隊さん、どうしたの?」

「けがは、だいじょうぶなの?」

ききおぼえのある少年と娘《むすめ》の声がした。

「ああ、もう、だいじょうぶ。ゆんべ、じっちゃとおらで、夜どおし、みておったでの。さ、さ、子どもは、あっちさ、いってろ」

ふすまのむこうで、老婆《ろうば》のささやき声がした。

(まだ、夢のつづきか……)

小山は、あたりを見まわした。高い天井《てんじょう》があった。黒光りの床柱《とこばしら》があった。

（三角兵舎《へいしゃ》とは、ようすがちがう？）

小山は、もう一度、首をひとまわしした。菅野のそばに老人《ろうじん》がすわっていた。

「おんや、兵隊さん、気がついたかの」

「小山、だいじょうぶだ、早く見つかって。この犬のおかげだ。この犬が見つけてくれなかったら、たいへんなことになるところだったぞ」

前足が一本の甲斐犬《かいけん》が、まくらもとにちょこんとすわっていた。菅野がのどをなでると、クンクン身体をすりよせた。

「この犬、一週間ほどまえ、迷《まよ》いこんできての。猟犬《りょうけん》みたいだが、人なつっこい犬での。ききわけがええ。足が不自由で、軍用犬に徴用《ちょうよう》されるの、まぬがれたみたいだ。それにしても、えかった、えかった。さ、かゆでもすすって、元気だしてくだされよ」

人のよさそうな老人は、ゆきひらなべのかゆを、ちゃわんによそった。

出鼻岬のあと、小山を心配して、菅野は砂浜《すなはま》の足跡《あしあと》をたどった。途中《とちゅう》から、波で足跡は消えた。日が暮《く》れ、大声でさけんで探《さが》しているところへ、老人が、犬をつれてとおりかかったのだ。

小山が、犬に手をのばしたら、左手にいたみが走った。白い包帯《ほうたい》が目に入って、小山は、あわててとび起きた。自分がなにをしようとしていたのか、思いだしたのだ。

「おさわがせして、もうしわけありませんでした。……失礼します」

小山は、いたたまれなくなって、そばにたたんであった軍服をあわてて着て、朝もやのなかにとびだした。

「小山、おい、まてよ。小山」

菅野の声が、あとを追った。


この前夜、就任《しゅうにん》まもない鈴木貫太郎総理大臣《すずきかんたろうそうりだいじん》は、自分が国家のために死んだら、国民は、自分の屍《しかばね》をこえて前進するようにと、本土決戦の意をラジオで流した。

「ふ」号作戦ひみつ部隊は、次の日から、丘《おか》の中腹《ちゅうふく》に横穴《よこあな》を掘《ほ》ることになった。穴にかくれていて、上陸してくる敵兵をやっつけようというのだ。

前日までは、気球爆弾《ばくだん》をとばして、アメリカ本土攻撃《こうげき》！　翌日《よくじつ》からは穴掘り！

「もしかして、この穴、おらの墓穴《はかあな》になるかもなぁ……」

「この基地《きち》にゃ、鉄砲《てっぽう》も大砲もないいんだぜ。どうやってたちうちできるんだ！」

「名誉《めいよ》の戦死者が、自分の墓穴を掘って入るとは、おてんとうさんも笑っちゃうぜ」

秋になって、ふたたび、気球爆弾をとばせる見こみもなく、隊員たちは、すっかり気落ちしてしまった。

一方、アメリカ軍は、沖縄占領《おきなわせんりょう》後、ルーズベルト大統領《だいとうりょう》が急死し、トルーマン大統領が就任して、いよいよ日本本土上陸を「オリンピック作戦」といって、はげしい空爆をつづけた。上陸地を九州と関東にさだめ、房総沖《ぼうそうおき》と沖縄沖に艦隊《かんたい》を集結することにした。

トルーマンは、秋になれば、また、風船爆弾がとんできて、細菌《さいきん》がまかれるのを恐《おそ》れ、偏西風《へんせいふう》が吹《ふ》き始める前の、十一月一日に戦争を終わらせようと計画していた。

十四、死のピクニック

オー・ゴッド（たいへんだ！）

一九四五年五月五日、土曜日。雲ひとつない、太陽がまぶしい朝だった。

ここ、オレゴン州ブライ村の子どもたちは、ミッシェル牧師《ぼくし》の教会にあつまっていた。とんがり屋根の小さな教会で、広い芝生の庭には、大きなモミの木やカエデの木がしげっている。朝八時半の礼拝《れいはい》がおわって、エルシー夫人が、水色のワンピースのおなかをかかえて、庭にでてきた。

「あら、もう、カッコウが鳴いてるわ。今年はいつもの年より早いみたい」

夫人につづいて、ランスがとびだし、ディックとシャーマンがつづいた。

「ほんとだ。鳴いてる。どこだろう？」

「カッコウはどこだ。どこで鳴いてる」

ジェイとエドワード、ジョーンも、半びらきのドアをおしあって、でてきた。三人は十三さい。ランスやシャーマンより、二つ年上だ。

「エルシー夫人のおなかの赤ちゃん、小鳥の声、きこえてるかしら？　赤ちゃん、女の子だといいなぁ。土曜学校の女の子、私《わたし》だけで、つまんないもん」

ディックの妹のジョーンが、夫人のおなかをやさしくなでた。

「そうね、きっと、ジョーンみたいに、やさしくてかわいい女の子が生まれるわよ」

エルシー夫人は、ジョーンのピンクのリボンにかるくキスした。

これから、子どもたちは、ミッシェル牧師夫妻《ふさい》とガーハート山にピクニックにいくのだ。

「あれ？　牧師さん、きれいな鳥。あんなきれいな鳥、見たことないや」

のっぽのランスが、モミの木を指さした。

「ほんと、ハトみたいだけど、胸《むね》がオレンジ色だ」

背《せ》はひくいが、いちばん年長の十四さいのディックが、かけよった。

「ほら、背中《せなか》はブルー」

そばかす顔のシャーマン。

「ほんと、カラフルな鳥だわ。赤ちゃんにあんなベビードレス、着せてあげようかしら」

二十六さいのエルシー夫人は、おなかをやさしくなでた。

「なにさわいでるんだ？　ええっ、まさか、リョコウバトじゃないだろな」

ミッシェル牧師が、ピクニック用具を入れた、ショウルダーバッグをさげてでてきた。

まだ、わかいのに額《ひたい》がはげあがっている。

ジョーンが、モミの木の枝《えだ》にチュッ、チュッと手をだしたとたん、鳥は、パッととびたった。バタバタ羽音《はおと》をたてて、空高くガーハート山の方角へ消えた。

「ああ、あ、にげちゃった。きれいな鳥だったのにさ」

ランスが舌打《したう》ちした。

「まさか、リョコウバトが、こんなところにいるはずないんだがね」

ミッシェル牧師は、ショルダーバッグのなかから野鳥の図鑑《ずかん》をとりだした。牧師は、ピクニックにいくとき、いつも野鳥や草花の本をもっている。

「牧師さん、図鑑にのってる？」

ジェイが、のぞきこんだ。ジェイは、この村ではめずらしくひとりっ子で、鳥の絵をかくのがとくいだ。

「胸がオレンジで、背中がブルーで、羽根《はね》はなに色だったたっけ？」

ディックも図鑑をのぞきこむ。

「羽根は、グリーンだった」

くせ毛の金髪《きんぱつ》のエドワードが、いった。

牧師の顔が、パッとかがやき、ページをめくる、手がふるえた。

「羽根の先と、尾《お》の先は？」

「ブラックだったかしら……」

「この鳥かな」

「そうだわ、この鳥だわ！」

「リョコウバトというのか。ハトの仲間なんだね」

みんなおしあいへしあい、図鑑をのぞきこんだ。

「そうだよ、これだったよ」

「そうだ、そう、そう」

みんな次つぎ、うなずいた。

「もし、ほんとうだったら、これは大発見だよ。この鳥は、もう、三十年もまえ、アメリカで絶滅《ぜつめつ》しているんだ。ガーハート山に生息《せいそく》していれば、大発見ということになる。さあ、今日のピクニックは、リョコウバト探《さが》しだ。これは、大発見になるぞ」

ミッシェル牧師の「大発見」という言葉にあおられて、みんな胸がワクワクした。

ランチのサンドイッチとオレンジジュースやミルクの入ったバッグを、それぞれかついで、牧師の大きなライトバンにのりこんだ。まえの座席《ざせき》に、夫人とジョーン、後部に五人。

「ラ、ラ、ラララン、ラ、ラ、ラララン」

ジョーンが、リズムをとると、エドワードが、とくいの即興《そっきょう》ソングをうたいだした。

ヤッサ、ホッサ、リョコウバトはどこかいな。

ホッサ、ホッサ、リョコウバトはどこかいな。

「ラ、ラ、ララン、ラ、ラ、ララン」

みんなが、声をあわせて、リズムをとる。

ヤッサ、ホッサ、マウント・ガーハート、マウント・ガーハート。

ヤッサ、ホッサ、リョコウバトが見つかるよ、ヤッホー！

ライトバンはランスやディックの家のまえを通りすぎ、レイクビュウにつうじる広い州道をすぐにそれて、林道に入った。石ころ道は、ガタガタゆれた。

「おなかの赤ちゃん、だいじょうぶかな」

牧師が、夫人のおなかを気づかった。

「だいじょうぶよ。赤ちゃん、よろこんでる。ほら、ジョーン、さわってごらん」

「ほんと、うごいたわ」

車は新緑をぬって、急な坂道を三十分ほど登った。

ちょっとした広場までできたら、林野庁《りんやちょう》の小型トラクターが二台、道路工事をしていた。

迷彩服《めいさいふく》の人影《ひとかげ》が、七、八人ちらちら。その先、道は細い。山の頂上《ちょうじょう》までは、四十分ほど歩かなければならない。

「さあ、ここから歩きだ。みんなおりて」

林のなかは、針葉樹《しんようじゅ》にまじって、クヌギやカエデのみどりがむせかえっていた。

ポッポペッポ、ポッポポペッポと、ヤマバトがとびかっていた。木《こ》もれ日《び》が、木《こ》の葉《は》のつゆに反射《はんしゃ》して、コロコロ光った。カラスがいる。メジロも、キジもいる。

「リョコウバトはどこだっ、ヤッホ」

「あっちかな、こっちかな、ヤッホ」

みんなキョロキョロ。頂上への道をそれて、ふみならされたブッシュ（やぶ）に入った。

「いないね。やっぱり、見まちがえたか。目の錯覚《さっかく》だったのかもしれない」

牧師は、弱気になった。

「そんなことないよ。エルシー夫人もいっしょに見たんだから」

ランスが、鼻声をだした。

「でも。三十年もまえに絶滅《ぜつめつ》した鳥だっていうから、ひょっとしたら、つゆにぬれた羽根が、朝日に反射したのかもしれないわ」

夫人も、たよりなげにいった。

車をおりて、十分ほど、山に入ったときだった。

「いた！　ほら、あそこの枝！」

ディックが、木の根っこにつまずきながら、ブッシュをかきわけて進んだ。みんな、あとにつづいた。

「ほら、牧師さん、あそこ、あそこ。松の枝！」

ピッポ、ペッポ、ポッポ。

ヤマバトの群《むれ》から離れた枝に、カラフルな鳥が一羽！

「信じられない……たしかに、リョコウバトにそっくりだ。あ、あ、にげちゃった」

「牧師さん、こっち、ほら、こっち」

ランス、ジェイ、エドワードが、鳥を追っかけた。

「エルシー夫人、ほら、気をつけて」

ジョーンも、夫人のおなかを気づかいながら、あとを追った。

「あ、あそこの、モミの木……牧師さん、カメラ、カメラ」

ランスが叫んだ。

「あ、いけない。車に忘《わす》れてきた」

牧師は、あわてて車にもどっていった。

「牧師さん、かんじんなとき、ぬけてるんだから、いやんなっちゃう」

ディックが、オーバーに顔をゆがめた。

ピッポ、ペッポ、ポッポ。

「あれ、れ、れ……あっちに、もう、一羽いる！　もぉ、牧師さん、おそいな。ぼく、むかえにいってくる」

ランスは、牧師をまちきれず、もときた道をひきかえした。

「牧師さん、早く、はやく、また、一羽、見つかったよ。……あ、あ、いてぇ！」

ランスは、車のそばで、大きな倒木《とうぼく》につまずいて、ころんだ。

「ランス、だいじょうぶか」

「あ、あ、いた、いた、た……やんなっちゃうな」

ランスは、牧師に助け起こされたが、歩けない。

「これはたいへんだ。足首をくじいたようだ。家にかえって、早く湿布《しっぷ》したほうがいい」

牧師は、車のエンジンをかけた。

「牧師さん、ぼくは、だいじょうぶ。車でまってるから。早くカメラ、カメラ」

「いや、リョコウバトより、ランスのけがが先だ。早くのった、のった」

「いいから、牧師さん、カメラをもって、早く。みんながまってるよ」

ランスは、カメラを牧師におしつけた。牧師が、ランスの手を引っぱって、車にひきずりこもうとしたとき、トラックが止まった。

「なに、やってんだい？　……おう、けがか。この坊主《ぼうず》、おらが、村におりるついでに送ってやらぁ」

人のよさそうな、ふとっちょの、迷彩服の男が、ランスをトラックにのせた。

「サンキュウ、おじさん、助かるよ。牧師さん、写真、あとで見せてよ。バァイ、バイ」

カメラをかかえた牧師は、すぐに、カーブで見えなくなった。

「坊主、足のねんざか。まあ、元気のええ子にゃ、けがは、つきもんじゃわ。ワハッ」

「おじさんも、子どものころ、そうだったの」

「ああ、わかるかい、ワハッ」

男が、肩《かた》ごしに、にんまりしたとき、ガクンと車がゆれて、ランスは、窓《まど》ガラスに頭をぶっつけた。

「あっ、坊主、だいじょうぶかい。おかしいな？　今、地ひびきがしたみたいだ？」

「だいじょうぶだよ。それより、おじさんの運転の腕、だいじょうぶ？」

「ああ。おかしいなぁ……なんかあったのかなぁ？」

男は、しきりに首をかしげて、うしろをふりむいた。

下り道は早い。二十分ほどで、村にもどった。

ランスは、州道のわきにある電話交換室《こうかんしつ》のまえで、おろしてもらった。ランスの家より三百メートルほど手まえだ。一面の小麦畑は、みどりの波になって、風になびいている。牧場《ぼくじょう》の牛が、気持ちよさそうに、寝《ね》そべっている。

この時間、ランスの家にはだれもいない。マミィは、一キロほど離《はな》れた祖父母《そふぼ》のうちの手伝いに。ダディは、製粉業《せいふんぎょう》組合の役員会だ。兄のロバートは、国外に転勤《てんきん》になっていた。

コテッジみたいな小さな電話交換室に、姉のナンシーがいる。毎週、水曜日と土曜日に、オペレーター（電話交換手）としてつとめているのだ。ブライ村には、三本の外線が入っていた。それを製粉業者や牧場や学校などの電話、百本につなぐのだ。いつもは、オペレーターふたりでつとめているのだが、その朝は、ナンシーひとりだった。土曜日の午前は、いつもいそがしい。両耳に、レシーバーをつけたナンシーが、交換台のまえに座《すわ》っていた。ナンシーの両手が、スイッチボードの上を、目まぐるしくうごいていた。

「あら、ランス、けがしたの。姉さん、今、手がはなせないの。ちょっとまって」

ナンシーはマミィに連絡《れんらく》した。マミィはすぐ、いつもの小型トラックでむかえにきた。

「ほんとに、ランスったら……人さわがせばっかり。でも、よかったわ、たいしたことなくて。ねんざなら湿布だわ」

「マミィ、残念だったよ。せっかく。リョコウバト見つけたのにさ」

「しょうがないでしょ。自分でけがしたのが、いけなかったのよ」

マミィが、トラックを発進させ、ランスが、くやしそうに後をふりかえったとき、はるかむこうから、猛《もう》スピードでジープがくだってきた。

「すごい砂煙《すなけむり》だ、あのジープ」

ジープは、キュッキュルルッと急停止して、運転手が電話交換室にとびこんだ。

「マミィ、なにかあったんじゃない？」

「そんなこと、気にすることないわ。戦争になってから、ほんとにらんぼうなドライバーが多くなったわ。……あら、ら、足首がこんなにはれて……早く湿布しないと」

「あっ、いたい！　マミィさわらないで！」

ランスは、右の足首をかかえこんだ。

犠牲者《ぎせいしゃ》

ランスが、家で、マミィにねんざの手当てをしてもらっていると、空が、ブルブルそうぞうしくなってきた。軍のヘリコプターが三機、ガーハート山とブライ村の上を旋回《せんかい》している。ランスは、時計を見た。十一時すぎだ。

農場や牧場《ぼくじょう》から、人がでてきて、電話交換室《こうかんしつ》のほうへ走る。

「なにかあったのかしら……ちょっと、見てくるわ」

マミィは、電話交換室へかけていった。ランスもじっとしていられなく、棒《ぼう》切れをつえにして、ヒョッコ、ヒョッコあとを追った。

「オペレーターが電話を取りつがないなんて、いったい、どうしたというんだ？」

「うちは、いま、牛がお産してるんだ。獣医《じゅうい》を呼《よ》びたいのに、オペレーターの娘《むすめ》、電話を取りついでくれないんだ。早くしないと、子牛も母牛も死んじゃうよ」

「今日のオペレーターは、いったい、だれなんだ！」

（ナンシー姉ちゃんに、なにか起こったの？　そんな！　さっき、会ったばかりじゃぁないか）

ランスは、けがのいたみをこらえ、マミィのあとから走った。

電話交換室の前には、銃《じゅう》をもった迷彩服《めいさいふく》の男が三人立っていた。ひとりは、さっき、ランスを運んでくれた、ふとっちょの男だ。

「そばにくるな。軍の命令だ」

ランスにやさしかったあの男が、銃をかまえて、だれもよせつけない。

「なにが起きたの？　私《わたし》の娘にあわせて！」

マミィは、半狂乱《はんきょうらん》になってさけんだ。

「かえれ！　軍の命令だ。オペレーターは監禁《かんきん》だ」

いまにも、弾《たま》がとんできそうなけんまくで、マミィもそばによれない。

サイレンを鳴らしながらやってきた救急車が、レイクビュウ基地《きち》のジープ五台と、ガーハート山にむかっていった。

「事故《じこ》なの？　山にミッシェル牧師夫妻《ぼくしふさい》と五人の友だちがいるんだよ！」

ランスは自分でもびっくりするような、へばり声でさけんだ。

それをきいたディックの父ちゃんとジェイの父ちゃんが、真《ま》っ青《さお》になって、車で山へむかったが、山は、すでに、軍が立入り禁止《きんし》にしていて、追いかえされてきた。

「ピクニックにいった子どもたちは、どうしたんだ？」

「いったい、なにが起きたというんだ？」

「どうして、山に入れさせないんだ？」

なにがなんだか、わからないまま、ブライ村の日が暮《く》れた。

ナンシーが解放《かいほう》されたのは、夜になってからだった。

「私、なにも、しゃべってはいけないの……答えてもだめなのよ……」

ナンシーは泣きじゃくりながら、マミィにだきかかえられて、もどってきた。

「ナンシー、もう、だいじょうぶ。なにも話さなくていいのよ。安心して、お休み」

ナンシーは、マミィに、アスピリンを飲ませてもらって、やっと、ベッドに入った。

次の朝、ランスは、ダディから、信じられない悲しいニュースをきかされた。

昨夜おそく、やつれたミッシェル牧師が、ひとりでライトバンを運転してかえってきた。

エルシー夫人と五人の友だちは、軍のジープにつきそわれた、霊《れい》きゅう車にのって、かえってきたと。

「そんなの、うそだぁ！　どうしてなの？　うそだぁ！　どうして？　ぼくたち約束してたんだよ。大きくなったら、飛行船のパイロットになろうって、シャーマンとディックと三人で。……みんないなくなって……ぼくひとりになって、どうしたらいいんだよ！」

ランスは、声がでなくなるまで、さけびつづけた。

ダディもマミィも、首を横にふるばかりで、なにも教えてくれない。ナンシーは、昨日のショックで、夢遊病《むゆうびょう》のようなうつろな目をして、部屋《へや》にうずくまっていた。ランスがなにを話しかけても反応《はんのう》がない。まるで別人になってしまった。

なかよしだった、五人の友だちとの悲しい別れの日、ランスも教会の葬式《そうしき》にいったが、だれも事故の原因《げんいん》について、なにも話さなかった。

軍当局は、アメリカ住民が、パニックになることをおそれて、犠牲者の遺族《いぞく》に、かたく口止めしたのだ。

ブライ村の六人が、日本からとんできて不時着した風船爆弾《ばくだん》にふれて爆死したことが知れたのは、戦争がおわって、かなりの年月がたってからのことだった。

あの日、ナンシーが、電話交換室に監禁され、軍事基地との交信をさせられたことを初めて語ったのは、戦後四十六年たってからだった。

十五、艦砲射撃《かんほうしゃげき》

閉《と》ざされた基地《きち》の門

勿来《なこそ》では梅雨《つゆ》明けまえに、よく大雨がふる。

昭和二十年七月十七日未明、どしゃぶりの雨だった。勝《まさる》のうちの、とり小屋のトタン屋根が、パチャパチャパチャ音をたてていた。

突然《とつぜん》、家をつきあげるような地ひびきがして、勝は、はね起きた。

「母《かあ》ちゃ、なしたんだぁ？　空襲《くうしゅう》か？」

勝は、茶の間にとびこんだ。母ちゃと姉ちゃが、あわてて、非常袋《ひじょうぶくろ》に位牌《いはい》と焼き米をつめていた。ふたりのあわてようはただごとではない。

「母ちゃ、空襲か、なしたんだぁ？」

「なんだかわかんねぇ。勝、早く、身じたくせんか」

「おら、村のようす、見てくる」

じっちゃは、隣組《となりぐみ》の役員をしているので、カッパをきて、雨のなかにとびだしていった。ばっちゃは、このところ腰《こし》をいためて、寝《ね》たきりだった。まくらをかかえて、お経《きょう》をとなえていた。

「ばっちゃは、おらがおんぶするで。玉枝《たまえ》は、位牌《いはい》のリュックを。勝は、食料の袋をおぶえ!」

母ちゃが、大声でさけんだ。

「おらは、仏《ほとけ》さまとここで死ぬ。みんなにげろ、早く。ああ、ナムアミダブツ、ナムアミダブツ」

ばっちゃは、仏《ぶつ》だんのまえにうずくまって、うごかない。

「勝、ばっちゃをおらの背中《せなか》にのっけてくれ」

勝は、いやがるばっちゃを母ちゃの背中におしつけた。

「さぁ、早く、防空《ぼうくう》ごうさ入ろう」

勝が、木戸を開けたとたん、海のほうで、赤い閃光《せんこう》がとび散った。と同時に、ごう音が、とどろいた。勝は、反射的《はんしゃてき》に、また、家のなかに舞《ま》いもどった。風が、さあっと、吹《ふ》いてきて、ちょうちんの火が消えた。みんな庭の防空ごうに入って、勝は置いてきぼりになった。

「勝、早く来い。だいじょうぶか」

「お〜い、みんな、まってくれよ」

勝は、あわてて、ごうにころがりこんだ。

ごうのなかに、水が流れこんできた。地ひびきがするたびに、壁土《かべつち》が、パサパサパサッ、パサッと落ちてきた。三畳《じょう》ほどの広さのごうは、いつつぶれるかわからない。

「おら、ばっちゃ、おんぶして、外のようす、見てくる。兵隊さんとこ、あそこは安全だろ。玉枝と勝は、しばらくここさおれ」

母ちゃは、ばっちゃの背にみのをかけて、また、雨のなかにでた。

「外にでるんじゃねえぞ。すぐむかえにもどるからのう」

ごうのなかの水たまりをよけて、勝は、姉ちゃと身体《からだ》をよせあった。姉ちゃの足が、ガクガクふるえていた。

「だいじょうぶかしら」

「空襲じゃないよ。飛行機の音、しないもん」

「海からの攻撃《こうげき》だわ」

「敵《てき》が上陸してくるぞ。姉ちゃ、兵隊さんとこ、基地《きち》さ、いこう」

勝は、はじけるように、外にとびだした。

海のほうの空が、パァッ、パァッと赤く広がると、次のしゅんかん、ドカーン、ドカーンと、地鳴《じな》りがした。そのたびに、どしゃぶりのやみが、うっすらとほの明るくなった。


線路をこえて、数百メートル離《はな》れた、基地の門にたどりついた。

暗やみのなかに、三、四十人の影《かげ》が、うごめいていた。

「開けてくれ！　敵が　上陸してくる！」

「おらたちも入れてくれ。かくまってくれ！」

村人たちが、大声でさけんでいたが、地ひびきと雨足の音に消されていた。

「開けてくれ。おらたちも入れてくれ」

「年よりと子どもたちだけでもええ。かくまってくれ」

だが、四メートルもある、コンクリートの門扉《もんぴ》は、カタッともうごかなかった。

「かえれ、かえれ！　ここは、おまえたちのくるところではねぇ」

門扉のむこうから、竹やりがとんできた。

「兵隊さんの基地ができたために、おらたちのしずかな村が、敵にねらわれてるだ」

「おらたちを守ってくれるのは、あんだがた、兵隊さんのつとめではねぇのか」

いくら、さけんでも、たたいても、雨に打たれるばかりだった。

「ほんとうに冷たい兵隊だ。もう少しは、血の通《かよ》った人間だと思ったがのう」

「しかたねぇ。みな、かえろ。あたご神社へでもいくっぺ。死ぬときは、みんないっしょだ」

「敵にやられても、反撃する力もねぇ。腰抜《こしぬ》けの兵隊どもじゃ」

「お～い、みんな、もう、兵隊なんぞ、頼《たよ》りにならねぇぞ。おらたちの命は、おらたちで守るんだ」

みんなぞろぞろ、山のなかの神社へと登っていった。

神社の境内《けいだい》から見おろす閃光《せんこう》は、音さえきこえなければ、きれいな花火だった。

「艦砲射撃じゃ。日立《ひたち》がやられとるわい」

「日立には、軍需《ぐんじゅ》工場があるっぺな」

「ありゃ、火の手が、だんだん右手へうつってら。よく、燃《も》えてる。町は丸焼けじゃ」

南東の空が、いちめん真《ま》っ赤《か》に染《そ》まってきた。

「勿来に上陸してくるわけじゃねぇな。えがった、えがった」

「おら、もう、敵が上陸して、皆殺《みなごろ》しにされるかと思った」

夜が明けるころには、日立の真っ赤な空も、うすらいできた。空は、次に黒くかわり、やがて、白くなった。

「火の手もおさまったようじゃ」

勝たちは、ぬれねずみになって、家にもどった。

母ちゃは、もう、ばっちゃをおんぶする力がなかった。ひょろひょろと、よろけてしまった。

「おかしいのう。くるときは、坂道をおぶって登れたのに」

「腰がいたいよ。あぁ、いてぇよ」

ばっちゃの腰が、急にいたみだした。

「おかしいの。にげるときは、腰、なんともなかったのに」

とうとう、リヤカーをもってきて、ばっちゃをはこんだ。

「今日は、無事だったが、これからも艦砲射撃でやられる。日立の次は、大津《おおつ》、勿来の基地がねらわれるにちがいねぇ。ばっちゃは、しばらく花園村《はなぞのむら》に疎開《そかい》すっか」

じっちゃが、ぬれたカッパをはたきながら、いった。

花園村は、ばっちゃが、生れ育ったところだ。家は、ばっちゃの弟がついでいる。勿来から、二、三里、山に入った、美しい渓谷《けいこく》のある山村だ。

「おらが、みんなの足手まといになるのは、ようわかっとる。けど、おらにかまわねぇでくれ。空襲になっても、艦砲射撃を受けても、敵の兵隊が上陸してきても、おら、この家、うごかねぇ。もう、年に不足はねぇ、殺されてもええ。みんな、おら、置いてにげればええ」

「そんなことできると思うかい。ばっちゃを見殺しにはできねぇ。ばっちゃをおぶってにげれば、にげおくれることもある」

じっちゃが、みんなをふりかえって、いった。

「おら、みんなの足手まといにはならねぇ。ほって置いてくれ」

ばっちゃは、なかなか承知《しょうち》しなかった。

「この年になって、じっちゃに離縁状《りえんじょう》をつきつけられるとは、夢《ゆめ》にも思わなかったのう」

ばっちゃは、うらみごとをいっていたが、「戦争がすんだら、すぐ、むかえにいくで、ちょっとのしんぼうじゃ」といわれて、やっと、なっとくした。

「そのときは、この家はなくなってるかものう」

ばっちゃは、すすけた茶の間をぐるっと、見まわした。

前夜の大雨がうそのように、日が高くのぼってくると、日立で艦砲射撃を受けた人たちが国道をくだってきた。すすだらけの顔をし、着物は、ぼろぼろになっていた。勿来駅で、国防婦人会《ふじんかい》が、炊《た》きだしのにぎりめしをくばった。

それから、二、三日して、ばっちゃは、リヤカーにのって、花園村に疎開した。

「こんなへんぴな田舎《いなか》にいてよ、疎開しなければならねぇとは、情《なさ》けねぇご時世《じせい》になったもんよのう」

ばっちゃは、なんどもうしろをふりかえった。

勤労奉仕《きんろうほうし》

学校は夏休みに入ったが、勝《まさる》たちの勤労奉仕《きんろうほうし》はつづいた。出征兵士《しゅっせい》のうちの田の草取りをするのだ。勝のうちでも手伝ってもらったが、ほかの家へも次つぎにまわっていった。

清《きよし》や勇《いさむ》は、生まれて初めて、田のなかに入った。

「うへぇ、ぬるぬるして、気持ち悪いよ」

清は、田のなかに、ひと足つっこんだだけで、とびだした。

「勇、足になにか、くっついてるよ。赤いミミズみたいなの」

清が、田のあぜから、指さした。

「ありゃ、ヒルだぁ。早く落とせ。血を吸《す》われるぞ」

勝が、稲《いね》のあいだをかけぬけてきた。パタパタ、手ではらったが、一ぴきも落ちない。

勇が、「こんちきしょう」と、引っぱったら、ヒルは、半分ちぎれた。まだ、半分が足に吸いついたままだ。

「いたいよ、助けてよ」

勇は、青い顔をして、田の中をビチャビチャ走りまわった。

「こら、稲がたおれるではねぇか。まったく、町育ちの子は役立たずじゃ」

教頭先生が、どなった。

「田舎《いなか》の子は、一人前の仕事をしてくれるので、ほんに大助かりじゃ」

農家の人は、地元の子に、目を細めた。

「田の草取りなんか、いつも家でやってらぁ」

勝は、得意になって、どろ田のなかをはいずりまわって草を取った。

ひとはたらきすると、みんな田のあぜにあがって、ひと休みした。

勝と孝一《こういち》は、やかんの水を飲んで、ひと息。一本松の木かげに寝《ね》っころがって、腰《こし》をのばすと気持ちがよかった。暑い真夏の空に、トンビが、いくつも輪をかいた。

「お～い、あったぞ。黄色いいちごが」

「大きなつぶだね。あまい、あまい」

清や勇が、山いちごを見つけて、大さわぎをしていた。

「なぁ、孝一、キリギリス先生、どうしてるかな」

勝が、思い出したようにつぶやいた。

「だいじょうぶだぁ。先生は、なんも悪いことしてねぇんだがら。そのうち、きっとかえってくる」

「そのうちといったって、もう、五か月になるんだぜ。先生、いまごろなにしてるかなぁ。自分の母ちゃんに手紙書いただけで、監獄《かんごく》さ入れられて、先生、くやしい思いしてるだろうな」

勝は、先生のことが、いつも気になっていた。

「くらげのお化《ば》け、どうしたのかなぁ。四月の初めごろまであがってたのによ。このごろ、ぜぇんぜぇんあがらないな」

勝は、房子《ふさこ》姉ちゃのこと、思いだしていた。

「もう、止《や》めたらしいな。兵隊さん、まえほど宿舎《しゅくしゃ》にいないってよ。うちの母ちゃん、いってたぞ」

孝一の母ちゃんは、将校《しょうこう》が宿泊《しゅくはく》している旅館に、ときどき皿洗《さらあら》いの手伝いにいっているのだ。

「基地《きち》のなかで、兵隊さんなにしてるんだぁ？　しずかすぎて、気味悪いよなぁ。艦砲《かんぽう》射撃《しゃげき》受けても、鉄砲《てっぽう》の弾《たま》ひとつ、撃《う》ちかえさねぇんだがら」

「あれは、作戦だって。反撃したら、ここに基地があること、教えるようなもんだってよ。ここは、ひみつ基地だべ」

孝一が、すまし顔でいった。

「ふうん、そうか……ひみつ基地か……」

それでも、勝は、合点《がてん》がいかなかった。どしゃぶりの雨のなかで、兵隊さんに、追いかえされたくやしさを忘《わす》れられないのだ。

「おおい、勝、イタドリ見っけ」

清と勇が、五十センチものびた、イタドリをかかえてきた。このあいだ、勝が、イタドリの新芽の食べ方を教えてやったのだ。

「そんなにおっきいのは、食えん。すてとけ」

「だって、これ、イタドリだろう。せっかく見っけたのに、もったいないよ」

「そんなものいっぱい、なにすんのかと思った。うふ、ふふふ……」

地元の女の子たちが、笑った。

「そうだ、水車遊びすっか」

勝は、みんなを引きつれて、用水路の流れにやってきた。

先生に、切りだしナイフをかりて、イタドリを二十センチの長さに切った。切れの中央には、節目《ふしめ》がひとつ。節目の両側一センチを残して、それぞれ六、七本の割《わ》れ目をきりこんだ。節目に、棒《ぼう》をつきさして、流れにひたした。

「なぁんだ、つまんないの。イタドリのくしざしではないか」

「あわてるな、今に見てろ。ほ〜れ、水車ができたぞ」

流れにひたしたとたん、イタドリの切れ目が、くるっと、はねあがり、水車の羽根になった。

「ほんとだ。水車だ」

「まわるよ、まわるよ」

「おもしろい水車だ。ぼくもつくるよ」

清と勇は、勝のまねをして、イタドリに切れ目をいれた。見ているとかんたんだが、なかなかうまくいかない。羽根の長さや、切りこみのコツがわからないらしい。

(勉強では、清や勇にかなわないけど……)

勝は、心が軽かった。

稲田《いなだ》の空には、トンビがよくにあう。このあいだの艦砲射撃の音が、まるで夢《ゆめ》のようだ。

この月、米艦隊は、日本沿岸《えんがん》各地を砲撃していた。十日には、関東地方が、千二百機の艦載機《かんさいき》によって空襲《くうしゅう》を受け、十四日は、北海道、大湊《おおみなと》、松島、釜石《かまいし》。十五日は、室蘭《むろらん》、三十日には浜松《はままつ》も艦砲射撃を受けた。

七月二十七日、連合軍は、ベルリン郊外《こうがい》のポツダムで、対日無条件降伏《むじょうけんこうふく》を要求する宣《せん》言《げん》をした。日本政府《せいふ》は、これを無視《むし》したので、戦争はつづいた。

十六、新型爆弾《ばくだん》

火あぶり

八月七日朝早く、大津《おおつ》の基地《きち》は、いちめん、赤いもやにつつまれていた。バラック兵舎《へいしゃ》が、朝焼けに染《そ》まるのは、めずらしかった。小山は、朝焼けは、きらいだった。どうしたわけか、朝焼けを見ると、胸《むな》さわぎがするのだ。

アメリカ軍は、すでに占領《せんりょう》している沖縄《おきなわ》を基地にして、日本本土上陸のすきをねらっていた。九州の沿岸《えんがん》から上陸したものか、関東の沿岸から上陸したものかと。いちばんねらわれていたのが、湘南《しょうなん》海岸だったが、九十九里浜《くじゅうくりはま》や鹿島灘《かしまなだ》も油断《ゆだん》できなかった。その海岸づたいにある大津基地も安全ではなくなった。本部の将校《しょうこう》たちは、宿舎にしていた五浦《いづら》の岡倉天心《おかくらてんしん》の別荘《べっそう》をひきはらって、山あいのバラック宿舎にうつっていた。

このごろ、小山は、谷川のせせらぎで、朝の洗面《せんめん》をする。カッコウの鳴き声も心地よかったが、おだやかな大海原《おおうなばら》の白いさざ波を見ると、（敵《てき》の船は、まだ、だいじょうぶだぁ）と、ほっとするのだった。

せせらぎには、菅野《すがの》もよくくる。小山の姿《すがた》を見つけるや、菅野は沢《さわ》にかけおりてきた。

「新聞読んだか！　昨日、新型爆弾が広島に落ちた。町が全滅《ぜんめつ》だ、たった一発の爆弾で……」

菅野は、はきだすようにいった。

「くそ！　トルーマン（大統領《だいとうりょう》）のやつ！」

せせらぎにうつった、小山の顔がゆがんだ。

「神国《しんこく》日本も、もはやこれまでだなぁ」

菅野の九官鳥《きゅうかんちょう》のような声を聞いたとたん、小山の頭に血がのぼった。

「きさま！　敗北主義《はいぼくしゅぎ》か！」

「ふ」号作戦が中止になってから、基地のなかに闘志《とうし》がなくなった。隊員ばかりではない。上官もだ。小山は、そんな空気にいらだった。ささいなことに、すぐ逆上《ぎゃくじょう》する。

小山は、菅野の胸ぐらをつかんだが、彼の悲しそうな目に圧倒《あっとう》されて、われにかえった。

「本土防衛《ぼうえい》も、飛行機もない、軍艦《ぐんかん》もないじゃ、どうなるというのだ。素手《すで》じゃ、戦争にならんぞ」

敵が上陸してくるかもしれないというのに、気球連隊は武装していない。隊員は、毎日、つるはしとスコップで、横穴《よこあな》を掘《ほ》っているのだ。

「自分の墓穴掘《はかあな》りをやって、日本が勝てると思うか！」

菅野がつぶやいた。

（なにか打つ手はないのかよ！）

小山は、じだんだふんだ。


そんなころ、トルーマン大統領は、日本政府《せいふ》にむけて、ラジオ放送をした。

『十六時間前に、わが合衆国《がっしゅうこく》の飛行機が、日本の有力な陸軍基地広島に、一この爆弾を投下した。これは原子爆弾だ。その破壊力《はかいりょく》は、ＴＮＴ《ティーエヌティー》の二万トン（いっしゅんで一三万の死者をだす破壊力《はかいりょく》）に相当する。

われわれは、今や、二つの巨大《きょだい》な工場と、中小の工場を原子力の生産にむけている。生産が開始されたころには、従業員《じゅうぎょういん》は、二万五千名であったが、現在《げんざい》では、六万五千名以上に達し、しかも、そこにはたらいているものの大半は、二年半も作業に従事している熟練者《じゅくれんしゃ》である。

われわれは、現在日本が有するいかなる生産施設《しせつ》も、すばやく完全に抹殺《まっさつ》する用意がある。われわれは、完全に日本の戦争遂行力《すいこうりょく》を破壊《はかい》するであろう』と。

そんな矢先《やさき》の八月八日深夜、それまで中立国《ちゅうりつこく》だったソ連《れん》が、一方的に宣戦《せんせん》を布告《ふこく》してきた。満州《まんしゅう》とソ連の国境《こっきょう》を突破《とっぱ》してきたのだ。

翌九日、長崎に、二発めの新型爆弾が落ち、町は壊滅《かいめつ》した。

いよいよ、最後の決断《けつだん》のときがきた。

十日午前三時、日本は、ポツダム宣言《せんげん》を受諾《じゅだく》することを決めた。連合軍にそのことを通達し、十二日、回答をもらった。十四日、天皇陛下《てんのうへいか》の「自分の身はいかになろうとも、万《ばん》民《みん》の生命《いのち》を助けたい」とのことばで、戦争終結が決まった。天皇の録音は、夜半《やはん》におこなわれた。

十五日正午、ラジオをつうじて、無条件降伏《むじょうけんこうふく》の録音が流れた。

「うそだ！　夢《ゆめ》だ！」

放心状態《ほうしんじょうたい》になっている小山の耳に、井上部隊長の最後の命令がくだった。

「残存《ざんぞん》している『ふ』号作戦の書類、器具など、一切《いっさい》の証拠《しょうこ》物件《ぶっけん》を消滅《しょうめつ》し、隊員も早期に解散すべし」と。

敗戦国《はいせんこく》として、軍事機密《きみつ》を敵《てき》にさらすことはできない。一刻《いっこく》も早く、跡形《あとかた》もなくかたづけなければならない。敗戦の涙《なみだ》を流すひまはなかった。

小山は、横穴にかくしていた気球入りの木箱を、隊員にはこびださせた。ひとつの箱に、きちんとたたまれた気球が十枚《まい》ずつはいっていた。一枚ずつほぐして、山づみにし、重油をかけて、火をつけた。

（大川、松木、小谷……許してくれ……）

小山は、空をあおぎ、敬礼《けいれい》をした。ほかの隊員たちも、小山にならった。

折《お》りからの風にあおられ、黒い燃《も》えかすが、小鳥のように、ひらひら舞《ま》いあがった。白いのは、ちょうちょうのように羽根をなびかせて、とんでいった。

「おまえたちだって、爆弾をつんで、敵の陣地《じんち》にとんでいきたかったろうに」

「ゆるせよな。敵の手にわたり、生きはじをさらすより、火あぶりにされたほうが、まだ幸《しあわ》せだ」

隊員たちは、口ぐちにつぶやきながら、あとからあとから、まあたらしい気球を火のなかにほうりこんだ。

「小山殿《どの》、こんな物が、気球のあいだにたたみこまれていました」

びんせん大の和紙の切れはしを、小山は受けとった。

兵隊さん、必ず、アメリカをやっつけてください。私《わたし》たち、女学生もがんばって、気球をつくっています。……勝子《かつこ》小山は、無感動に丸めて、火のなかにほうりこんだ。

女子挺身隊《ていしんたい》や女学生たちがつくった、一万この気球のうち、九千三百こが放球されたので、残りが七百こあった。

夜になっても、次の朝になっても、火あぶりはつづいた。あっちの沢《さわ》、こっちの山あい、浜辺《はまべ》でも、部隊の帳簿《ちょうぼ》や日記など、いっさいの書類が灰《はい》になった。

残っていた十五キロ爆弾七百こと、焼《しょう》い弾などあわせて二千五百こは、近くの平潟港《ひらかたこう》の沖《おき》にしずめたり、常磐炭田《じょうばんたんでん》の坑道《こうどう》になげ入れ、人工爆破《ばくは》した。

兵舎《へいしゃ》や気球の発射台《はっしゃだい》、水素《すいそ》ガス発生装置《そうち》など、ばたばた姿《すがた》を消していった。あとに、コンクリートのがれきの山があっちこっちにできた。

備蓄《びちく》していた、米、砂糖《さとう》、味噌《みそ》、かんづめなどの食料は、軍用トラックがきて、夜のうちに、どこかへはこんでいった。

部隊解散の日が近づいて、隊員たちは、毛布《もうふ》や軍服などの支給品《しきゅうひん》のほかにも、手当たりしだい、自分の荷物にまとめた。

「おい、おれの荷物、知らんか。さっき、ここにまとめておいてたんだ」

「そんなの、知らん。そういえば、やつの姿、見えん。やったな、やつは、もう、引きあげていったぞ」

「くそ！　それなら、おれだって……日本は、戦争に負けたんだぁ」

額《ひたい》にきずのある男は、棚《たな》から二つ、三つ、荷物を引きずりおろすと、なに食《く》わぬ顔をして、姿を消した。

「おおい、中隊長殿の拳銃《けんじゅう》がなくなったぞ！　だれか、見なかったかい」

だれかが、さけんでいた。

「さあねぇ……おれ、知らねぇ」

みんな、自分のかえりじたくにいそがしくて、拳銃などさがすものはいなかった。

とつぜん、発砲《はっぽう》の音がした。みながびっくりしてとびだすと、ひとりの一等兵が、たてつづけに四方に乱射《らんしゃ》していた。弾《たま》がなくなると、「ばかやろう！」と大声でさけび、空高く拳銃を放りなげて去っていった。

（おわった！　なにもかも……神国《しんこく》日本のおわりだ！）

暗くなって、小山は、ずだ袋《ぶくろ》ももたずに、兵舎をぬけだした。

その夜、勿来《なこそ》の伊勢神社《いせじんじゃ》の内宮《ないぐう》が火事になった。そして、次の夜、となりの外宮《げぐう》も焼けた。

「神風《かみかぜ》を信じて戦ってきた、兵隊さんが、やったのかもしれねぇな」

「神社が焼きうちされたりして、これからの日本は、いったい、どうなるのかのう」

村人は、不安がった。

土蔵《どぞう》のなか

戦争がおわって、二週間たっても、勝《まさる》のうちの家族は、そろわなかった。父《とお》ちゃも、兄《あん》にゃも復員《ふくいん》してこない。ばっちゃは、まだ、疎開《そかい》したままだ。

姉《ねえ》ちゃは、終戦の日から、ずっと、土蔵のなかで、息をひそめて暮《く》らしていた。

「少女とわかい女は、外出を禁《きん》ずる。土蔵のなかで、生活すべし」

と、回覧板《かいらんばん》がまわったのだ。

アメリカ兵が上陸してきて、わかい女をさらっていくかもしれないという。

姉ちゃは、となりの加代子《かよこ》と幸子《さちこ》と三人、土蔵のなかにいる。食べ物は、夜のうちにこっそりはこび、昼間は、物音ひとつさせないで、じっとひそんでいた。

ふた部屋《へや》ある二階建ての土蔵には、電気がない。小さい窓《まど》がひとつあるだけで、昼間も暗い。窓ぎわには、ひとかかえもある大きなハチの巣《す》があるので、外をのぞくこともできない。扉《とびら》は、三重にもなっていて、厚《あつ》さが二十センチもあり、ひとりでは、とても開けられないし、錠《じょう》もかかっている。

ねずみが、ちょろちょろでてきて、姉ちゃたちは、足をかじられたり、腹《はら》の上をはいずりまわられたりした。

「もう、いや〜ん！　早くだして！」

姉ちゃたちは、泣きごとをいった。

「だめだよ、だめ、だめ！　勿来《なこそ》には、ひみつ基地《きち》があったでのう。そのうち、必ず、アメリカ兵がくるぞぉ。青い目の男につれていかれてもええのか！」

母ちゃは、なだめるのに必死だった。

そんなある日、ばっちゃから勝あてに、くしゃくしゃの字で手紙がきた。


勝へ。

みんな、かわりありませんか。

戦争もおわったことだし、早くむかえにきてくれるよう、じっちゃにたのんでください。そっちでは、なにをしているのですか。私のことなど、忘《わす》れてしまったのですか。腰《こし》のほうも、だいぶよくなりました。私《わたし》ひとりでも、歩いてかえれそうな気がするのですが、こちらのものが、勿来からむかえにくるまで、かえさないというのです。じっちゃが、いそがしいのでしたら、勝がむかえにきてください。

お不動さまが、早く、お社《やしろ》にかえりたいと、毎夜、夢《ゆめ》まくらに立たれるのです。

ばっちゃより

「まだ、むかえには、いけんわい。ヤンキー（アメリカ人）がきたら、このへん、どうなることやら。玉枝らも、長引くようだったら、花園村《はなぞのむら》であずかってもらわねばのう」

勝が、むかえにいくといっても、じっちゃが、反対した。

一方、アメリカ、オレゴン州ブライ村のランスのところに、テニアン島勤務《きんむ》の兄のロバートから、手紙がとどいた。

……ほんとうに爆発したんだよ、広島と長崎で。人類初めての核《かく》爆弾が……。

アメリカは、東京、ハンブルグ、ベルリンで、おおぜいの命をうばった。

でも、原子爆弾はそんなんじゃないんだよ。いっしゅんで……ほんのいっしゅんで……まばたきするまに、なん万、なん十万の命をふっとばし、町を破壊《はかい》したんだよ。

それだけではない。その町に生物がよみがえるのに、この先、なん十年かかるかわからない。考えただけで、身ぶるいする。

このおそろしい兵器は、戦争をおわらせたが、なにか大きなまちがいをしたのではないかと悔《く》いだけが、日ごとにふくらんでいく……

ランスのうちでは、戦争に勝って、ロバートから手紙がきたことをよろこんだ。原子爆弾が、いったいどんなものなのかなど、わからなかった。

十七、人間の証明《しょうめい》

セミのぬけがら

「ふ」号作戦の大津基地《おおつきち》のあとかたづけは、一週間でおわりになった。

いよいよ部隊解散の八月二十八日の夕暮《ゆうぐれ》、小山太一《たいち》は、親友の菅野《すがの》にもだまって、沢《さわ》ぞいに山のほうへと登っていった。どこを、どう歩いたかおぼえていない。かえるつもりがなかったので、道をおぼえる必要がなかったのだ。

真夜中でも、セミが鳴いていた。セミの寿命《じゅみょう》は四、五日。あしたがない命は、最後のいっしゅんまで必死で燃《も》えるものらしい。

小山は、岡山《おかやま》の田舎《いなか》で、セミと遊んだ幼《おさな》い日を思いだしていた。父が病死したころ、小山は、まだ十さいだった。

竹ひごを丸めて、宿《やど》り木《ぎ》のモチをからめ、竹ざおの先につけて、セミ取りをした。羽根をいためないよう、すばやく取るのがこつだった。一日に七ひきも十ぴきも取った。セミの羽根を三分の一ほどちぎって、とばしてみたり、セミの腹《はら》に糸を巻《ま》きつけて、とばしておもしろがったり。残酷《ざんこく》なことをしたものだと、心がいたんできた。

暗やみの山のなかで、弟の健二《けんじ》の顔が浮かんだ。

「立派《りっぱ》な兵隊さんになるんだよ。最後まで、お国のために戦っておくれ」

母の顔も浮かんだ。

（母さん、自分は、お国のために青春をささげたよ。でも、セミのぬけがらのように、身体《からだ》だけが残ってしまった……このぬけがら、どうしたらいいの……）

小山は、涙《なみだ》がこぼれないように、上をむいて歩いた。冷《つめ》たいものが、ポツン、ポツンと顔に落ちてきた。にわか雨だ。

稲妻《いなずま》の明かりで歩きやすくなった。ベリベリ、バリバリ、大きな雷《かみなり》が鳴った。あたりがパッと明るくなったしゅんかん、小山は、太ももに電流が流れるのを感じた。次のしゅんかん、こまくがさけたかと思うような落雷《らくらい》の音がした。

小山は、地べたに腹ばいになってたおれた。ズボンのポケットに拳銃《けんじゅう》が入っていたのだ。小山は、雨宿《あまやど》りの場所をさがした。黒い杉木立《すぎこだ》ちのなかに、神社を見つけた。本堂の高床《たかゆか》の縁《えん》の下にもぐりこんだ。

「きゃあぁ」

おどろいたのは、小山だって同じだ。稲光《いなびかり》に目をすかすと、黒い影《かげ》がうずくまっていた。

「あなたは、人間?」

「おんや、それは、こっちのいうことよ。おまえさんこそ人間かい? きつねではねぇのか? こんな山おくに、こんな真夜中、人がくるはずねぇな」

「自分は人間であります!」

「は、はあん…… この古ぎつねめ。兵隊さんに化《ば》けたか。戦争に負けて、兵隊さんに化けてもしょうがないな。このばばは、きつねに化かされるほど、もうろくしておらんぞ。どれ、うしろむいてみぃ。しっぽがでてねぇか」

もんぺ姿《すがた》の老婆《ろうば》が縁《えん》の下からでてきて、腰《こし》をのばしたとたん、

「あっ、いてぇてぇ、てぇ」

と、その場にうずくまった。

小山は、また、びっくりした。

「どうかなさいましたか。どこがいたいのでありますか」

「ほっといてくれ、いくら親切げにされても、このばばはだまされんぞ。あ、いてぇてぇ」

老婆は、うずくまったまま、腰をさすっていた。

稲光がして、またまた、大きな雷鳴《らいめい》だ。小山は、老婆をかかえて、縁の下にもぐりこんだ。

「くさいくさい、くさいのう。やっぱり、おまえは、古ぎつねじゃ」

老婆は、着物のそでで、鼻をおさえた。

そういえば、小山は、基地のあとかたづけやら、敗戦の打撃《だげき》で身体を洗《あら》うことも忘《わす》れていた。なん日も着の身着のままだった。

蚊《か》がぶんぶんたかってきた。のみやしらみも、衣服にくっついている。身体中がかゆかった。小山は、自分が人間である証明ができない。

「古ぎつねや、池に引きずりこむのだけは、かんべんしておくれ。おらは、もう、死んでも年に不足はねぇども、もう、いっぺん、息子や孫《まご》に会って、死にてぇ。戦争がおわったで、もうすぐ、みんな戦地から復員《ふくいん》してくるでのう。それにお不動さまを元《もと》のお社《やしろ》におつれしておかなきゃ、おらのつとめがおわらんのよ」

「おばあさん、どうして、こんなところに?」

「おら、疎開《そかい》しとった。この川上のおくの村へのう。戦争がおわったのに、だれもむかえにきてくれん。まちきれずに、山ごししてかえろうと思うてな」

老婆は、たもとをさぐって、干《ほ》し揚《あ》げを一枚《まい》とりだした。

「ほれ、おまえさんの大好物の油揚《あぶらあ》げをやるで、もう、山におかえり。子ぎつねたちがまってるだろ」

干し揚げは、雨にぬれてやわらかくなっていたが、香《こう》ばしいにおいがした。小山の腹がなった。かまずに、一気に飲みこんでしまった。老婆はあきれた声をだした。

「おまえさんには、子ぎつねはおらんのか。無情《むじょう》な親じゃのう。自分ひとりで食うてしもうた。おら、もう、揚げをもってはおらんぞ。おお、ナムアミダブツ」

老婆は、小山から遠ざかって、うずくまった。

死に場所をさがしている小山は、もう、古ぎつねでよかった。

いつのまにか、雨はやんだ。小山は、夢《ゆめ》うつつで、か細《ぼそ》いさけび声をきいた。

「おおい、お〜い、助けてくれぇ」

さけび声のするほうへ近づくと、濁流《だくりゅう》の音がきこえてきた。

「こっちだよ。こっち、こっち、沢《さわ》のなかじゃ、流されてしまうよ。早く助けてくれぇ」

小山が、目をこらして見ると、老婆が木の根っこにつかまって、ひっしに鉄砲水《てっぽうみず》に耐《た》えている。夕立のまえまでの、はば四、五メートルのせせらぎが、もう、沢になっている。

「おばあさん、しっかり、手を離《はな》さないで！　今、助けに行きま〜す」

小山は、濁流にとびこんだ。

急勾配《きゅうこうばい》なうえ、沢底《さわぞこ》が岩や石ころばかりなので、足を取られた。

「早く、はやく！　根っこがぬけそうじゃ」

小山が、老婆に手をかした。とたん、根っこがぬけた。

「ああ、ああ……」

老婆がしがみついてきたので、小山は、足を取られ、ふたりで鉄砲水に流されそうになった。

「ああ、もう、だめじゃ…」

「おばあさん、手を離さないで！」

たかが、五、六メートルの沢はばなのに、新しい濁流が次つぎにおしよせてくる。

やっとの思いで、杉林の木立ちのなかにはいあがった。

「だいじょうぶでありますか、おばあさん」

「ああ……助かった。兵隊さん、ありがとよ。……ゆるしてな、命の恩人《おんじん》を古ぎつねとまちがえたりして」

老婆は、水びたしになったもんぺをしぼりながら、しきりにあやまった。

「いいんですよ。自分は古ぎつねみたいなものですから」

小山は、ツキモノが落ちたみたいに、さわやかだった。ズボンのポケットの拳銃がなくなったのも、気がつかなかった。

「さあ、家まで送りしましょう」

小山は、老婆に背《せ》をさしだした。

「すまんのう。すっかり腰をやられて、歩けんでのう。お言葉にあまえて、世話になるか」

老婆は素直《すなお》におぶさった。

「兵隊さん、どうしてこんなとこへ？」

「さぁ………」

「立ち入ったこときいて悪かったのう。兵隊さんが助けてくださらなかったら、おら、いまごろあの世へいったでのう。ほんに、ありがたか……」

老婆を背負《せお》って、歩きだしたとたん、小山はひょろひょろっとよろめいた。

「どうかしましたかな」

「いえ、ちょっと……。なんでもありません」

気球爆弾《ばくだん》の事故《じこ》で、きずついた足が、いまだにむりをするといたむ。片目《かため》は視力《しりょく》も落ちているので不自由だ。小山は、老婆に心配かけまいと、歯を食いしばった。

沢道が通れないので、山のなかのけもの道をかきわけて、勿来《なこそ》のほうにくだった。

途中《とちゅう》、老婆のにぎりめしを、ふたりで、二度にわけて食べた。

太陽が焼けるような、昼下《ひるさ》がり、やっと、勿来の老婆の家にかえりついた。

「お～い、ばっちゃだ！　ばっちゃがかえってきたぞ！」

かど先にいた勝《まさる》が、いち早く見つけた。

「ほんとだぁ、ばっちゃだ！　ばっちゃだ！」

勝の家の庭に、おおぜいの人がいた。消防団《しょうぼうだん》のはっぴを着た人や、白いかっぽうぎをつけた女の人が、せわしげに立ちはたらいていた。

「みんな、なにごとじゃ？」

小山の背からずりおりた、ばっちゃが、心配顔でたずねた。

「なにごとじゃと！　ほんに、ばっちゃは、長生きするぞ」

じっちゃが、ほっとした顔でいった。

「ばっちゃ！　みんな心配して、ばっちゃをさがしてたのよ」

母ちゃもでてきていった。

「さがしてくれなくても、ほれ、ちゃんとかえってきたではねぇの」

ばっちゃは、強がりをいってのけた。

「そんなにかえりたかったら、ひとことおらに相談してくれればえがったのに。年を取ると、子どもと同じだな」

花園村《はなぞのむら》のおじさんもいた。

ばっちゃの姿《すがた》が見えなくなって、大さわぎになっていたのだ。

「それはすまなかったのう。ひとりでかえれるはずだったんだよ。途中《とちゅう》で、道に迷《まよ》ったり、夕立にあったり、沢に落ちたりしてのう。この兵隊さんに助けてもらったんだよ。さぁさ、おらの命の恩人に風呂《ふろ》をたいて、ごちそうをふるまっておくれ」

ばっちゃの口は、たっしゃだった。

「えがった、えがった、ばっちゃが無事で……」

みんなよってたかって、よろこんだ。

小山は、すぐにかえろうとしたが、ばっちゃが腕《うで》をつかんでかえさなかった。しかたなくいいなりになるしかなかった。

小山が、風呂からでると、下着からゆかたまで、一式そろえてあった。軍服は、物干《ものほ》しざおにぶらさがっていた。

「あれ！　兵隊さんだ、いつかの！」

勝は、こぎれいになった小山を見て、びっくり！

「や、や、ややぁ!　いつか、馬の……」

小山も思いだした。

「ばっちゃ、チビ黒とおらを助けてくれたの、この兵隊さんだったんだ」

「こりゃ、よっぽどご縁《えん》のあるおかたじゃ。重ねがさねお礼もうします」

ばっちゃの後ろで、母ちゃもなんどもおじぎをした。

小山は床《とこ》の間《ま》にとおされて、いつか手首を切って、犬とおじいさんに助けられたときのことを思いだした。

（この部屋《へや》、見覚えがある?……）

そのときの兵隊だとは、だれも気づかなかった。

勝は、「そうだ、姉ちゃ!」とさけびながら、土蔵《どぞう》のなかの玉枝《たまえ》をむかえに走った。玉枝の頭は、三《み》つあみをまきあげて、勝のぼうしをかぶり、着ているものは、兄《あん》にゃのカーキ色のズボンとシャツ。ちょっと見ただけでは、男の子に見える。顔は、わざと墨《すみ》をつけてよごしてある。アメリカ兵に見つかって、つれていかれないように用心しているのだ。

「あれ?　勝君のお兄さん、もう、復員なさったのですか」

小山は、玉枝にえしゃくした。

「いえ……あの……」

玉枝は、あわてて顔の墨をこすった。よけいにきたない顔になった。

「もう、いやぁん！」

玉枝は、泣きそうな顔になって、土蔵にかけこんだ。勝は姉ちゃがかわいそうになった。

「そうだったんですか。お姉さん、おこらせてしまったな」

小山は頭をかいた。

「さあさ、今晩は、ゆっくり泊《と》まって、身体を休めてくださいな。これ、勝、姉ちゃを呼《よ》んで、兵隊さんのおもてなしするようにな」

玉枝は、顔の墨を落とし、紅《べに》をさして、いっちょうらの水玉のワンピースを着て、でてきた。

玉枝は母ちゃと、とっておきの砂糖《さとう》と小麦粉と小豆《あずき》で、ぜんざいをつくった。

「これは、これは……」

小山は、忘《わす》れかけていた家庭のぬくもりに、感激《かんげき》し、言葉がつづかなかった。

玉枝が、あれこれ、小山の世話をやいている姿を見て、ばっちゃも母ちゃも、目をほそめた。

翌朝、小山は、玉枝と勝に、駅で見送られ、匆来をあとにした。

小山は、別れぎわに、熱いまなざしを玉枝になげかけて、敬礼《けいれい》した。

「かならず、また、勿来にきます。お手紙ください。ぼくも書きます」

小山は、玉枝に再会したおかげで、生きる希望《きぼう》がわいてきた。

八月二十八日、アメリカ軍は、非武装化《ひぶそうか》した日本本土の占領《せんりょう》を始めた。海軍は横須賀《よこすか》に上陸し、陸軍は厚木《あつぎ》飛行場に空輸《くうゆ》着陸した。

翌二十九日、ソ連軍が、今度の戦争のまえから日本の領土《りょうど》だった、南千島四島の択捉《エトロフ》、国後《クナシリ》、歯舞《ハボマイ》、色丹《シコタン》の全島民、一万七千人を追いはらい、全島を占拠《せんきょ》した。

八月三十日、日本占領軍の最高司令官、マッカーサー元帥《げんすい》が厚木飛行場へついた。

十八、基地《きち》の後始末《あとしまつ》

残りの太陽

二学期が始まって、初めての日曜日。勿来村《なこそ》は、まだ、夏の残りの太陽がいっぱいだった。勝《まさる》は庭のナシの木に登って、すずんでいた。

「お～い、勝、キリギリス先生がかえってきたぞ」

勇《いさむ》が息をはずませて、むかえにきた。

「うそだぁ！」

「ほんとだぁ。学校にきてる」

勝は、かじりかけの青いナシの実をほうりなげて、学校までまっしぐらに走った。あとから勇も走った。

さくらんぼの木の下に、みんな輪になっていた。

「せ・ん・せ・い！」

キリギリス先生こと、岸《きし》先生に、勝はとびついていった。ひげがのびほうだいで、ガリガリにやせていたが、笑顔《えがお》だけは、ぜんぜ〜んかわっていない。

「おお、勝！　元気だったか。山形の姉さん、気の毒だったな」

勝は、先生が憲兵《けんぺい》につれていかれ、監獄《かんごく》に入れられたのは、自分にもちょっぴり責任《せきにん》があると、ずっと気にかけていた。先生の元気な顔を見て、胸《むね》がキュッと熱くなった。

「勝は先生がいないまに、泣き虫になったのか」

「やぁい、勝の泣き虫、や・ぁい」

みんなにはやされて、勝は泣き笑いになった。

「みんなに心配かけたのう。もう、だいじょうぶだ。戦争には負けたが、日本には、おまえらみたいな、宝《たから》の子が大きくなっておるわ。また、なかよくやろう」

岸先生は、五年生みんなの肩《かた》をたたいてまわった。

「お〜い、みんな、リヤカーもって、基地《きち》にいこうぜ」

孝一《こういち》が、校門のところで、手をふっている。

「そうよ、いこう、いこう。基地にいいもん、ころがってるって。うちの母ちゃん、昨日《きのう》、毛布《もうふ》やなべ、ひろってきた」

君子《きみこ》が、口をとんがらせた。

「基地の兵隊さん、もう、とっくに引きあげたんだって。うちのじっちゃん、麻《あさ》ひも、いっぱいもってきた」

「いこう、みんな、いこう」

ワイワイいいながら、みんな、散っていった。あとに、清《きよし》がポツンと残って、岸先生と話していた。勝は気になって、もどってきた。

「清、なじょした？」

「勝、ぼく、お別れなんだ」

「えっ！　東京にかえんの！」

清は、歯をくいしばった。

「おじさんが、東京からむかえにきたんだ」

「清のお母ちゃんの弟さん、終戦になって、引きあげてこられたそうだ」

先生が助け船をだした。

「そうか……母ちゃんの病気、清がかえったら、よくなるよ」

勝は胸がつまるのをがまんして、家に走ってかえった。机《つくえ》の引きだしから、ハーモニカをだして、また、学校にもどった。清が、教室で荷物の整理をしていた。

「これ……」

勝が照れながら、ハーモニカをだした。

「いいの？……もらって」

「うん、どうせ、おれ、吹《ふ》けねぇがら。清が東京で吹けば、きっと、きこえてくるよ」

「大事にするよ。いろいろなかよくしてくれて、ありがとう」

「清、元気でな。手紙くれよ」

清は、校門のところでまっていた、弟の学《まなぶ》とおじさんと、なんどもなんどもふりかえりながらかえっていった。


夕方、じっちゃが、浪花節《なにわぶし》を口ずさみながらかえってきた。

「お〜い、たんぼがもどってくるぞ」

さっそく勝は、じっちゃと母ちゃの三人、基地にとられていた、たんぼのようすを見にいった。

「あれ、れ、れ……」

「まあ、ま、ま……」

「こりゃ、りゃ、りゃ……」

三人とも、言葉がなかった。やっと、一年半ぶりにもどってきた田地《でんち》が、なんという荒《あ》れかただ！

直径十メートルもある放球台のコンクリートの礎石《そせき》が、そのまま、でぇ〜んと、田のなかに居座《いすわ》っている。兵舎《へいしゃ》はこわしかけになって、なかには木のベッドや毛布が散らかったままだ。なべややかん、飯《はん》ごうや食器がごろごろころがっている。

気球を入れてあった大きな木箱は、座《ざ》ぶとんをしまっておくのにちょうどよいといって、だれかがリヤカーにつんでいた。

勿来駅から引きこんだ線路まで、そのままになっていて、草がぼうぼうと生えていた。

「こんな荒れほうだいになって……もう、もとのたんぼにはもどらん……」

じっちゃは、田のあぜにへなへなと座《すわ》りこんだ。

「とても、年よりやおなご、子どもの手にはおえないわなぁ」

「そんなこといったって、しかたねぇべ。なしたらええんじゃ」

勝は、母ちゃの丸まった背中をたたいた。

「先祖代《せんぞだい》だいの山とたんぼじゃ。台なしにされてたまるか!」

じっちゃが、急に立ちあがった。

それから数日して、じっちゃは、あちこちから、人を集めてきた。毎日十人の人夫《にんぷ》をたのんで、くる日もくる日も、たんぼのあとかたづけをした。手もちの貯金《ちょきん》を全部はたいたが、まだ、かたづかなかった。

「戦争に負けて、どこへ文句《もんく》をいっていくこともでけん。泣き寝《ね》入りじゃ。勝、よぉく
おぼえておけ。戦争というもんをなぁ」
じっちゃは、毎日、同じことをつぶやいた。
「ご先祖さまの山と田じゃ。荒れさせてはバチが当たる」
次つぎに山の杉《すぎ》の木を売ったお金で、あとかたづけはつづいた。
ひがん花が咲《さ》き始めたころ、疎開《そかい》していた子どもたちは、みんなそれぞれの町にかえっ
ていった。勇は、最後まで残っていたが、台風の中、栗《くり》の実をどっさりもって、さようなら
をした。
正月がきて、雪が降《ふ》り、つららが溶《と》け、うぐいすが鳴き始めたころ、たんぼは、やっと
きれいにかたづいた。
「やれやれ、これで、先祖さまに顔むけできる。父ちゃや兄《あん》にゃが、いつ復員《ふくいん》してきて
もええ。また、百姓《ひゃくしょう》ができる」
じっちゃは、安心して気がゆるんだのか、かぜをこじらせ、肺炎《はいえん》になって、あっけなく
逝《い》ってしまった。
「疎開していたお不動さまも霊験《れいげん》あらたかじゃ。ここはお参《まい》りするのに便利じゃで、こ
のまま、いてもらうことにしよう」

とうふ屋のじっちゃんや、こうじ屋のばっちゃんと、話がきまった。
ばっちゃは、ふたつのお不動さま参りに、いそがしくなった。
それから、桜がなんども咲いたが、父ちゃも兄にゃもあらわれなかった。

あとがき

私が「風船爆弾」という言葉を知ったのは、一九七八年（昭五三）ごろのこと、ふと、立ち寄ったデパートの催事場であった。そこで目にした「和紙」、「こんにゃく」、「女学生」、そして「風船爆弾」という文字に強烈な印象を受けた。

その後、折に触れ、マスコミを通じて風船爆弾に関連した、いろいろな情報を断片的に目にするようになった。

そんな折、当時の気球連隊（隊長・井上茂大佐）の参謀・肥田木安少佐の講演（会場は市ヶ谷の自衛隊）があるという情報が入った。「風船爆弾による米国本土攻撃」という演題で、B4二枚のプリントに一連の作戦の流れが要約されていた。当時の日本には、もう、これ以外に米国本土攻撃の手段はなかったのだ、という気迫が満ちていた。

講演後、「放球命令は誰が出したのか、天皇から出たのか？」、「上層部では細菌をばらまく計画はなかったのか」、「気球連隊は武装していたのか」、「『気球爆弾』がいつから『風船爆弾』と呼ばれるようになったのか」、などの質問がでた。私は、「気球連隊在任中に地元の住民について、なにか印象に残っていることがありますか」と聞きたかったが、旧陸軍のOBらしき人や自衛隊員が並ぶ後ろの席にいたこともあって、場違いな気がして、勇気がなかった。

肥田木氏の講演を聞いてからというもの、秘密兵器にほんろうされたであろう、一般の人びとのことが気にかかりだした。

まだ、常磐高速道路が完成していないころだった。国道六号線をひたすら北に走って、大津基地跡に近い民宿に宿をとった。この宿のばあちゃんこと、渡辺いくさんは、夜が更けるまで、まるで昨日のことのように、当時の話をしてくださった。そして、翌朝は放球台跡の現地をゆっくりと案内してくださったのだ。

その途中で渡辺さんが、つぶやくように沈んだ声で話してくださったことがある。

丘の斜面に土まんじゅうが二つ
(兵隊さんの墓だべか?)
近くの老婆が、花をたむけて四十年
ハシの棒大だったシャシャ木も　今は大木に
……

（どこのどなたかのう？　この墓の兵隊さんは？）
老婆は　何も知らない遺族をあわれんだ
なんせ秘密基地のこと
書類は全部焼かれてしまったそうな

ある彼岸の昼下がり
初老の男が　タクシーをおり
丘をめざして　ヤブに分け入った
　許してくれ。必ず会いにくると
　約束して、はや四十年……
草に埋もれる土まんじゅうを抱いて
男は肩をふるわせた

（もしや　あなたは墓のお二人をご存知では）
　二人でなく　ここに眠るは六人
　風船爆弾打ち上げに失敗　爆死

私は　その生き残り
彼らの名前、出身地も不明
みんな南方で戦死したことに
（戦後四十年。なにごとも時効
おねがい、遺族に知らせてあげて）
……許してください
歳月が流れても秘密はひみつ

男は　線香代にと五千円
老婆の手に託して　立ち去った

……

福島のりよ作「土まんじゅう」より抜粋
註・土まんじゅうは、その後立派な石塔になっている。

匆来については、どこに行けば取材ができるのかわからないまま、図書館に入りこんだ。数人の古老が集まってくださり、テーブルを囲んで談笑。話し上手な、ばっちゃこと、日渡さんを紹介していただき、後日、何度も現地を案内してくださった。足腰丈夫な日渡さんに、馬の話を聞き、お不動さんや、ため池やボタ山を案内していただくうちに、物語の主人公・関本勝が、だんだん育っていった。

物語の相模原造兵しょうでの、秘密兵器づくりの様子は、当時、現場監督でいらした三浦忠彦氏（今は故人）にご協力いただいた。戦後数十年経っても親交がある、かつての山形女子挺身隊員の方たち四、五人を、取材当日、松戸の自宅に招いてくださった。物語のなかで玉枝が印鑑を忘れて給料がもらえなくて困っているとき、岡崎中尉殿が箸で印鑑をつくるという場面があるが、これは三浦氏のエピソードである。

アメリカのオレゴンに向かったのは、一九八八年（昭六三）秋のことだった。目指すは、片田舎のブライ村。風船爆弾が米国本土で、唯一被害を及ぼした場所だ。当時、手元に、現地の資料はなにもなかった。滞在していた近くのオレンジカウンティ空港から、サンフランシスコへ五八〇キロ、そこからプロペラ機でクラマスフォールズへさらに五八〇キロ。そしてブライ村へは九〇キロ、バスが出ているのかどうかも、わからなかった。

予定にはしばしばハプニングが起こるものだ。クラマスフォールズ到着予定は、その日の正午のはずだったが、乗継ぐ飛行機が事故で欠航となったりして、結局、目的の小さな空港に降り立ったのは、真夜中を過ぎていた。プロペラ機の乗客は七、八人で、あっという間に闇のなかに消えた。地元の人たちらしかった。

予約していた宿に電話を入れようと財布を開けたところ、公衆電話賃二五セントコインが見つからない。空港の売店も事務所も閉まっていて、人影がない。両替してもらえるところがないのだ。私たち（妹が同行）のほかには、乗ってきたプロペラ機のパイロット二人しかいない。彼らが出てくるまで待つしかない。でも、彼らはここに出てくるのか？ほかに出口があるかもしれない。途方に暮れた。現地の秋の夜は、寒かった。身も心も凍てついた。

と、そこへ、大きな荷物を両手にさげた男の人が出てきた。最後に降りた乗客だった。

事情を話すと、彼もタクシーを呼んで、同じ宿に行くという。ワリカンにしましょうといったが、「私はビジネスでロスから。はるか日本からきた方にそれはできません。ご心配なく…」と。風船爆弾のことを聞いてみた。「知らない」と。少し話してみた。「へぇ！

そんな事件があったのですか。初めて聞きましたよ」と。さわやかな青年だった。

翌朝早く、宿の主人に、ブライ村へ行く手段をたずねた。「交通の便が悪くてね。私が案内できればいいのだが、今日は私のほかにスタッフがいなくて…」と。近くに教会があるというので、とりあえず、そこまで送ってもらうことに。平日でも、ミサ（礼拝）だあるかもしれない。期待に的中した。丁度、ミサの最中、五、六人の姿があった。なんとそのなかに、犠牲者の遺族がいたのだ。「兄がバルーンボムにやられました。私は幼くて覚えていません。自分はこれから仕事があるので、案内できないが、他の遺族がこの近くに住んでいますよ」といって、住所を教えてくれた。教会の事務の女性は、この町に日本人女性が在住している、と。

「今、マキ割りをしていたんです。クラマスフォールズの冬は寒いですから。主人が亡くなって、私がやらなければならなくなったんです」

彼女の名はスミコさん、大分の湯布院の出身だとか。突然にもかかわらず、「なつかしい日本語を話せる」といって、喜んで車をだしてくださった。

町の素朴な住宅には、家の壁面に大きな住所番号が書いてある。いちいち車を降りて確認する必要がないから、家探しをするのは容易だ。目的の番号はすぐに見つかった。期待でどきどきしながら、ベルをおす。初老の男の人が顔を出した。訪問の目的を告げると、男性の顔がくもって、目をそらした。

男性は、ひとり息子を失くし、いまだに日本を許すことができない。日本人の顔も見たくない。話もしたくもない、と。

男性の思いがけない拒否反応に、私は、戸惑った。私は、ひたすら事実を知りたい一心で、犠牲者の気持を考えるゆとりをもっていなかった。加害者の立場にいる自分を思い知った。

しかたなく立ち去ろうとしたとき、「でも、だれかが、話してくれるだろうから」と、ほかの二人の遺族の住所をメモしてくれた。男性のやさしさに触れ、胸があつくなった。

また、ぐるぐる番号を探して、一軒の小さな家へ。庭が荒れていた。

お隣さんが顔を出して、「この間、老人ホームに行ったよ。息子がバルーンボムにやられて、身寄りがなかったからね」と。

車の中に重い空気が流れた。私はいったい何をしに、こんな遠くまで来たのだろう？後悔の念で身体から気が抜けていくのを感じた。

気を取り直して、最後の訪問、犠牲者のディックとジョーン兄妹の家へ。

こじんまりした平屋のテラスで、おしゃれな洋服を着た初老の女性に迎えられた。お姉さんのマクギーネさんだ。ご両親はすでに他界。

「よ〜く、来てくれましたね。かつて、敵と味方で殺し合いをしていたのに。こうして民間レベルで握手し、ハグできる時代がくるなんて…幸せです。ほんとうにうれしいです」

マクギーネさんは、涙を浮かべながらハグしてくださった。

リビングに笑顔のディックとジョーン、並んで両親の写真が飾ってあった。どれも黄ばんで年代を感じさせた。クッキーとティをいただきながら、談笑。往路のハプニングでブライ村を訪れる時間がなくなってしまったことを話すと、「せめてここにある情報を」と、慰霊塔の写真や、関連した新聞の切り抜きを出してくださった。慰霊祭も恒例になっているが、歳月がながれ、戦争を知らない世代が増えるにつれ、風化していくのが悲しいと。

「私は戦争を憎んできました。でも、人を憎んだことはありません」と、彼女の別れ際の言葉が、今でも私の心の中でこだましている。

この作品はフィクションであり、登場人物など、みな架空である。歴史的、風土的な事実を踏まえながら、現地を歩き、地元の人びとから話をきいているうちに生まれた物語である。

勿来の日渡ばっちゃ、大津の渡辺ばあちゃん、松戸の三浦氏、そしてオレゴンのマクギーネさんたちによって育てられた作品である。感謝の念に堪えない。

『風船爆弾』は、月刊こども雑誌『子ども世界』（けやき書房刊）に一九九一年（平三）五月から一年半にわたって連載されたものを骨子としている。

このたび、戦後七〇年を経て、子どもたちや戦争を知らない大人たちへ、ぜひ、語り伝えておきたいという、思いにかられて、ペンを入れなおした。戦争の記憶を思いおこし、平和について考えるきっかけになれば、このうえない喜びである。数十年来、親交のある児童文学作家の林原玉枝様に後押しされたお蔭である。

一三〇年の歴史ある老舗の出版社、冨山房インターナショナル様より、私の拙い作品を世に出していただけることを、大変光栄に存じます。坂本喜杏社長をはじめ、編集主幹の新井正光様には、いろいろご指導いただき、お世話になりましたこと、心よりお礼申しあげます。

二〇一七年一月

福島のりよ

おもな参考文けん

「風船爆弾大作戦」足達左京著　学藝書林　一九七五年
「風船爆弾」鈴木俊平著　新潮文庫　一九八四年
「風船爆弾による米国本土攻撃」肥田木 安著　一九九一年
「女たちの風船爆弾」林えいだい著　亜紀書房　一九八五年
「風船爆弾―乙女たちの青春 写真記録」林えいだい著　あらき書店　一九八五年
「大久野島・動員学徒の語り」岡田黎子著　自費出版　一九八九年
「証言・私の昭和史」4　テレビ東京編　旺文社文庫　一九八四年
「東京大空襲展」朝日新聞編集　一九八五年
「比企　七号―小川町の和紙と戦争」埼玉県立滑川高校郷土部　一九九〇年
「あるく新聞」一～十五号　通し行進者編　一九八三年

装画・挿絵　中畝治子

福島のりよ（本名・福島憲代）

1937年、岡山県生まれ。1960年ノートルダム清心女子大学文学部英文学科卒業。教職を経て、ささやかな文筆活動の傍ら、好奇心が赴くままに自分流の発見を探し歩く。その過程で、主人公が育ち、作品が生まれるという、ラッキーな巡りあわせもある。児童文化の会会員、むさしの児童文化の会会員。

著書に『ホタルがとんだ日』『南蛮のうた』『ショウブと天晴じいさん』（けやき書房）、『ヨゼフじいさん―かみさま、あなたに会いたい―』（はんの木の童話 共著）、他。

風 船 爆 弾

2017年2月13日 第1刷発行

作 者 福 島 のりよ

発行者 坂 本 喜 杏

発行所 株式会社冨山房インターナショナル
東京都千代田区神田神保町1-3 〒101-0051
電話 03(3291)2578 FAX 03(3219)4866
http://www.fuzambo-intl.com

印刷所 株式会社冨山房インターナショナル

製本所 加藤製本株式会社

ISBN 978-4-86600-024-4 C8093